TRAPIANTO

JOHN REINHARD DIZON

Traduzione di
CRISTINA BORGOMEO

CAPITOLO UNO

NEW YORK CITY (AP)--Uno degli episodi più orribili nella storia della città è stato scoperto la scorsa notte, quando Geri Lindsey, la top model scomparsa, è stata vista strisciare per terra tra la 137esima strada e Lenox Avenue. Lindsey ha diretto la polizia verso un appartamento nel seminterrato di un palazzo in Lenox Avenue, nel quale era stata tenuta prigioniera. Lì gli agenti hanno trovato la superstar dell'NBA Jerome Browne e un uomo conosciuto come Combo

che cercavano di entrare in una stanza dove erano rinchiusi quattro importanti medici di New York. Anche Browne era stato dichiarato scomparso dal 4 luglio.

A Lindsey era stata amputata la gamba sinistra all'anca, e il braccio sinistro di Browne era stato rimosso alla spalla. Le condizioni fisiche di Combo sono state definite 'indescrivibili'. La polizia ha salvato quattro donne, tutte mutilate, ognuna delle quali ha dichiarato di essere stata rapita e di avere avuto alcuni arti rimossi dai medici. Una quinta donna, Anita Brown, è stata arrestata come complice dei rapimenti.

Il Dr. Adam Rauch, il Dr. Noah Birnbaum, il Dr. Abe Javits e il Dr. Isaac Vadim, sono stati arrestati e accusati di molteplici reati federali e statali, tra cui quelli di rapimento, omicidio e lesione personale aggravata. Gli agenti dell'FBI sono arrivati all'ufficio del procuratore distrettuale questa mattina per discutere i dettagli del caso.

Nella cantina sotterranea dove sono stati trovati i medici, in una camera di sicurezza rivestita di acciaio, gli investigatori della polizia hanno trovato una sala operatoria di fortuna. C'era anche una cella frigorifera all'interno della quale erano stati congelati decine di torsi, arti e altre parti del corpo. Un detective l'ha definita 'una struttura medica infernale'.

I funzionari del Bellevue Hospital si sono rifiutati di commentare l'incidente. Il direttore Jacob Horowitz ha espresso solidarietà e preoccupazione per le vittime e ha assicurato che la comunità medica della struttura rimarrà a disposizione per sostenere tutte le persone colpite dalla tragedia.

L'intero paese e il resto del mondo avevano gli occhi puntati sulla Grande Mela mentre il presidente americano rilasciava una dichiarazione in cui affermava che 'questi giovani e le loro famiglie non saranno abbandonati in questo momento di orrore e dolore'. Il presidente esortava la comunità medica e le nazioni del mondo a farsi avanti e offrire tutte le risorse tecnologiche a loro disposizione per restituire una qualità di vita accettabile alle vittime. Alcuni ricercatori giapponesi contattarono il Bellevue e dissero al dottor Horowitz di Robotic Prosthetics che avevano sviluppato un qualcosa che poteva essere controllato in parte dalle onde cerebrali e dagli impulsi nervosi. I malati terminali si offrirono di donare arti alle vittime, molti dicendo che 'quegli psicopatici sarebbero dovuti essere in grado di ricucirli esattamente come li avevano tagliati'.

Il capo della polizia Joel Madden e il capitano Ty Willard incontrarono il detective della omicidi Tommy Jackson e il suo partner, Orrin Rampersad, poco dopo la conferenza stampa della Casa Bianca. La polizia di New York stava affrontando l'ennesima epidemia di crack ad Harlem, e tra la banda della 137ma strada e la MS-13 di El Salvador era scoppiata un'altra guerra, insieme ad elementi del cartello colombiano. Era un momento difficile per la buoncostume, e il capitano Willard era sotto pressione per concludere l'indagine in fretta, dato che stavano cercando di evitare una guerra per la droga nelle strade senza indebite distrazioni.

"Signori, questo è uno dei più grandi scandali che abbia scosso la comunità medica in oltre un decennio" disse il tenente Dwight Shreve aprendo la riunione. "I medici che abbiamo preso in custodia sono chirurghi di fama mondiale ed esperti di arti robotici. Secondo l'ufficio del procuratore distrettuale, se dovessero uscire su cauzione non avranno altra scelta che chiedere asilo all'estero, per evitare un incidente giudiziario. Ecco la nostra situazione senza via d'uscita. Tenerli troppo stretti pregiudicherà automaticamente la giuria. Se non riusciamo a tirare fuori questo dottor Ciclope, i medici non avranno nulla su cui reggersi. New York perderà quattro dei suoi migliori chirurghi e la comunità medica riceverà un occhio nero."

"Cos'è questa storia del dottor Ciclope?" chiese Jackson. Tommy Jackson era un uomo che in quattro anni aveva scalato i ranghi dei detective con un lavoro eccezionale in sei grossi casi di droga. Si era trasferito alla Omicidi per avere la possibilità di intascare il suo settimo caso grosso senza troppi rischi. "Sembra un alibi di merda che si sono inventato quei ciarlatani. Mi stai dicendo che non c'è niente di più sostanzioso?"

"Ti dirò una cosa, il dottor Ciclope è l'unica cosa che sta impedendo a questa cosa di trasformarsi in un disastro di proporzioni bibliche" intervenne il capitano Willard. Era un afroamericano di origine keniota con la pelle nera come la pece. Noto per essere un tradizionalista, a lavoro indossava sempre la sua uniforme, a differenza del direttore Madden che vestiva con abiti eleganti e firmati. "Ora, mi sembra che quattro geni della medicina potrebbero inventarsi un alibi migliore di questo. L'intera faccenda suona così assurda che *deve* essere vera. Si giocheranno la vita in tribunale."

"È come disse una volta Adolf Hitler, più grande è la bugia, più è probabile che la gente ci creda veramente" postulò Orrin Rampersad. Era originario delle Indie occidentali, anch'egli trasferito dalla Buoncostume e assegnato come partner a Jackson dagli occhi di ghiaccio. "Anche se non dovesse esistere, la testimonianza dei medici porterà alcune persone a credere il contrario. In un processo per omicidio sarà sufficiente convincere un solo giurato."

"Questo è il vostro lavoro, ragazzi" intervenne il direttore Madden, un uomo elegante e dagli occhi nocciola, di etnia mista. "Dovete scoprire se esiste un dottor Ciclope e, se c'è, dovete portarlo qui. Senza di lui, quella del procuratore sarà una vittoria schiacciante. Se dovesse essere preso e incriminato, quei medici tornerebbero a lavorare al Bellevue entro la prossima settimana."

"Allora, da dove cominciamo?" chiese Jackson.

"Vogliamo che intervistiate i medici per vedere se riuscite a trovare inconsistenze e buchi nelle loro storie, poi andate là fuori e fate il lavoro sul campo" li istruì Shreve. "Saranno chiamati a giudizio questa mattina, e molto probabilmente rimarranno al CCM[1] fino all'inizio del processo. Andate a interrogarli lì, poi avrete il resto della settimana per trovarmi un Ciclope."

"Allora, Rauch, con chi vuoi iniziare?" Jackson si accese una sigaretta mentre si infilava nella Le Mans di Rampersad nel garage sotterraneo, dove avevano parcheggiato.

"Per me va bene quello che hanno detto" disse Orrin rimanendo sul vago mentre accelerava il motore. "Forse preferirei tenermi il *dulcis in fundo*. Quel Birnbaum mi sembra un tipo malleabile. Sarà quello con la storia più debole".

"OK, allora parleremo con Birnbaum" Tommy soffiò un getto di fumo fuori dal finestrino aperto. "Quante probabilità ci sono che la lega lasci giocare Browne con quel braccio, secondo te?"

"Te lo immagini?" ridacchiò Orrin. "Al diavolo Browne, cercherei di ingaggiare quel tipo, Combo. Sarebbe come giocare a basket contro Darth Vader."

"Mettere questa gente in prigione sarebbe come gettare la formula della cura per il cancro nel fuoco di un bidone della spazzatura" disse Tommy guardando la strada mentre si dirigevano lungo Centre Street verso Park Row. "Ti immagini gente con quegli arti robotici là fuori? Significherebbe poter trasformare qualche sfigato ne *L'Uomo da sei milioni di dollari*.

Quei due stavano sfondando una porta d'acciaio quando sono arrivati i poliziotti. Incredibile. Pensa alle applicazioni militari. Mandiamo i nostri ragazzi in Afghanistan e tornano con la forza di cyborg. Non si può rinchiudere questa gente e buttare via la chiave."

"Credo che si incorrerebbe comunque in un sacco di problemi" Orrin passò con il semaforo rosso mentre girava su Park Row, sollevando una cacofonia di clacson di protesta. "È come per quei maniaci degli steroidi; il tuo corpo cresce ma i legamenti no. Alla fine si strappano e si rompono per tutto lo stress innaturale. Ti immagini Browne che fa una schiacciata e ha il braccio robotico ancora appeso al bordo del canestro quando viene giù?"

I detective condivisero una risata mentre si fermavano all'CCM^2 al 150 di Park Row. Orrin mostrò le sue credenziali e sistemò l'auto nel parcheggio dei dipendenti, poi i due entrarono nella struttura e diedero disposizioni per far portare Noah Birnbaum in una piccola sala interrogatori.

Birnbaum era alto circa un metro e sessantacinque e pesava sessanta chili. I suoi capelli ricci e castani avevano un bel taglio e il suo viso da ragazzo sembrava triste per il fatto di trovarsi in una situazione come quella. Era contento di avere dei visitatori ai quali poter professare la sua innocenza, anche se quando scoprì che si trattava di due detective temette di essere messo di nuovo sotto torchio. Rimase affabile quando Tommy e Orrin si presentarono spiegando che erano stati assegnati al suo caso e che stavano cercando di ottenere alcuni dettagli.

"Noi quattro eravamo amici d'infanzia. Siamo nati e cresciuti insieme a Brooklyn Heights" spiegò Noah davanti a una tazza di caffè dopo che i detective ebbero acceso il loro registratore, seduti al tavolo nella stanza dipinta di verde. "Sapete che le famiglie ebraiche vogliono sempre che i loro figli diventino medici o avvocati. Beh, noi abbiamo deciso tutti di diventare medici, e non parlavamo d'altro. Tutti i nostri giochi erano incentrati sul campo medico. O eravamo paramedici che salvavano la gente dagli edifici in fiamme, o medici che eseguivano operazioni al cervello o al cuore, oppure ancora eravamo fuori in qualche giungla a salvare la gente dai cannibali o dalle bande della droga."

"Sì, noi giocavamo a guardie e ladri e io ero l'unico che voleva fare il poliziotto." Gli occhi blu ghiaccio di Tommy si illuminarono. "Vada avanti."

"Eravamo una squadra incredibile" ricordò Noah. "Studiavamo insieme. Era come una gara per vedere se potevamo tornare a casa con tutte A+ sulle nostre pagelle. Ci concentravamo soprattutto su matematica e scienze, perché sapevamo che quelli sarebbero stati i nostri buoni pasto. Eravamo esperti di computer quando gli altri ragazzini usavano la X-Box. Abbiamo iniziato a ordinare questi corsi di medicina online e, quando ci siamo iscritti alla NYU, stavamo già studiando il materiale del secondo anno per conto nostro. Abbiamo coperto diverse specializzazioni in modo da avere, insieme, una conoscenza combinata sufficiente a farci diventare pionieri nel campo medico. La mia attenzione era rivolta alla neurochirurgia. Adam si dedicò alla ricerca sugli arti artificiali. Abe si dedicò alla chirurgia dei nervi periferici e Isaac si specializzò in chirurgia plastica. Pensavamo che se avessimo unito le nostre risorse e le nostre capacità un giorno saremmo potuti essere d'aiuto per ripristinare gli arti e gli organi interni delle persone."

"Allora, avete avuto successo?" chiese Orrin.

"C'era una donna, Walterine Shabazz. Soffriva di un esteso deterioramento degli organi come effetto collaterale del suo incontro con un cancro ai polmoni. Era come una di quelle donne che si vedono in quelle pubblicità contro il fumo. Ha risposto positivamente al trattamento e devo dire che le abbiamo salvato la vita."

"Non poteva avere un trattamento migliore al Bellevue?"

"Non del tipo che le abbiamo dato. Non avrebbe potuto permetterselo, e il sistema non avrebbe potuto fornirlo. Molte delle nostre risorse sono state pagate di tasca nostra. Inoltre, c'erano molte procedure sperimentali che l'ospedale non avrebbe mai autorizzato."

"Ad esempio?" Tommy corrugò la fronte. "Mettere un braccio robotico su Jerome Browne?"

"Nessuno potrà mai capire cosa è successo, come è iniziato tutto, come è andata a finire così" Noah abbassò gli occhi sconsolato.

"Ci metta alla prova" Orrin scrollò le spalle. "Noi abbiamo tempo, e anche lei."

"Va bene" cedette Noah. "Avete ragione."

Noah raccontò delle vacanze di Natale dell'anno precedente, subito dopo la laurea e l'inizio del loro tirocinio al Bellevue Hospital. I quattro erano andati al Lillie's Union Square, un bar e ristorante a tema vittoriano non lontano dall'ospedale. La folla era presa dallo spirito delle feste, e i quattro amici si stavano godendo la baldoria. Si erano sentiti un po' a disagio nell'ordinare bevande analcoliche, ma si erano consolati nel considerare che gli venivano fatte pagare quasi quanto una birra scadente.

"Beh, al successo" aveva detto Adam con tono solenne, mentre tutti alzavano i loro bicchieri. "Abbiamo passato tutta la vita insieme a cercare di trovare questa porta, ed eccoci qui. Abbiamo bussato e ci hanno fatto entrare."

"Il viaggio è appena iniziato", aveva sottolineato Abe, un giovane uomo basso e robusto, con i capelli neri prematuramente ingrigiti. "Abbiamo passato così tanto tempo a sistemarci all'ospedale che non abbiamo fatto una riunione di squadra decente per settimane. E ora con queste vacanze, *oy vey!*"

"*Oy vey?*" lo aveva rimbeccato Isaac, un uomo alto e atletico con folti capelli neri ricci. "*Oy vey?* Non solo assomigli a tuo padre, ma ora cominci anche a parlare come lui! Se continui così, i *goy* ti cancelleranno dalle loro liste di Natale per rispetto delle tue convinzioni!"

"Sarebbe terribile" aveva scherzato Abe. "Vorrebbe dire non poter più scambiare una cravatta brutta per un paio di calzini e delle mutande."

"Beh, forse voi altri siete stati compromessi dalle vostre famiglie e dai vostri obblighi, ma noi scapoli abbiamo potuto dedicare il nostro tempo di qualità a cose meno importanti" Adam era l'unico con dello scotch nel bicchiere. "Finalmente ho fatto un passo avanti nel Progetto X."

"Cosa intendi con *passo avanti?*" Isaac lo aveva fissato.

"Immagino che dovrai venire da me per scoprirlo." Adam aveva sorriso misteriosamente.

"Pensavo che fossimo d'accordo di lasciar perdere" Abe aveva strizzato gli occhi. "Non abbiamo esaminato tutte le ramificazioni spirituali con il rabbino? Eravamo sempre d'accordo che non avremmo mai fatto nulla che violasse i principi del Talmud."

"Io non ero d'accordo su nulla, il resto di voi sì"

aveva sottolineato Adam. "Scienza e religione sono sempre state in contrasto tra loro. Ne abbiamo parlato più volte. Se volevi stare su un terreno religioso, avresti dovuto andare alla Yeshiva. Inoltre, il Talmud non riguarda forse il bene superiore dell'umanità? Va bene, supponiamo di causare del dolore ad alcuni animali, o di correre dei rischi lungo la strada e di fallire in qualche cosa? Stiamo guardando al risultato a lungo termine, amici miei, a un futuro in cui nessuno muore o vive una vita sterile a causa della perdita di un arto o di un organo. Niente nella vita si ottiene senza dolore o perdita, almeno niente che valga la pena ottenere."

"Non dimenticherò mai la vista di quel coniglio che, uscito dall'anestesia, cercava di masticarsi la gamba per il dolore" aveva detto Isaac fissando il bancone. "Quella non è scienza. Quello è il dottor Mengele ad Auschwitz."

"Siamo andati oltre" aveva risposto Adam. "Perché non prendiamo un taxi per andare a casa mia e vedere dove sono arrivato?"

Gli amici avevano svuotato a dovere i loro drink e si erano fatti strada attraverso la folla, camminando sul marciapiede coperto di neve per chiamare un taxi. Ognuno aveva pensieri contrastanti sul fatto che Adam avesse continuato a lavorare da solo. Era il più entusiasta del progetto, anche se Isaac sarebbe stato l'ultimo a dichiarare conclusa l'impresa comune, per qualsiasi motivo. Isaac era stato chiamato a eseguire interventi di chirurgia riparativa su alcune delle vittime di ustioni più pietose che si potessero immaginare. Erano stati fatti pochi progressi per aiutare queste persone a superare cose orribili e terribili, e qualsiasi apporto extra sarebbe stato benvenuto.

Dei quattro, Abe era il più stabile ma anche il più cauto quando si trattava di procedere lungo il cammino scelto. Con i suoi trent'anni, era il più vecchio del gruppo e aveva una moglie e quattro figli da mantenere. In quanto chirurgo dei nervi periferici, aveva attrezzature all'avanguardia e le ultime informazioni di ricerca e sviluppo a portata di mano. Sebbene fosse un semplice tirocinante, non prevedeva alcun ritardo eccessivo per avanzare rapidamente nei ranghi e diventare un leader nel campo. Vedeva molti medici di ruolo mostrarsi indecisi e incerti sul tavolo operatorio, spaventati dalla prospettiva di fare troppo o troppo poco ed essere colpiti da una causa per negligenza che avrebbe distrutto la loro carriera. Anche se non era affatto una testa calda, suo padre gli aveva sempre insegnato che la procrastinazione e l'esitazione erano due peccati mortali. Indipendentemente dal fatto che sia giusto o sbagliato, nell'ora della decisione ci si impegna sempre. Abe Javits non aveva problemi a mantenere la sua posizione riguardo le sue decisioni, e sperava solo che restare con i suoi amici in questa impresa non fosse una mossa sbagliata.

Era Noah stesso l'anello debole della catena. Era l'esatto opposto di Abe nel senso che vacillava ed era molto insicuro, e contava sul sostegno dei suoi amici per farsi strada nei momenti difficili. Eppure era considerato da loro come quello più tecnicamente abile quando si trattava di interpretare nuove teorie e idee e applicarle sul campo. Si trovavano spesso a portargli articoli di riviste mediche perché li interpretasse. Sapeva leggere tra le righe e dare loro l'intuizione di cui avevano bisogno per risolvere una situazione che stavano affrontando in ospedale.

Erano arrivati a casa di Adam in Grace Court, quella che si affacciava sulla Promenade di Brooklyn Heights. Suo padre l'aveva acquistata nel corso di una vita e ora valeva milioni in un mercato in vertiginosa ascesa. Il padre di Adam aveva completamente ristrutturato la casa e trasformato il piano terra nel sogno di un agente immobiliare, il secondo in un appartamento per Adam e il terzo in un piano riservato per sé e sua moglie. Dopo la sua morte, Adam aveva mantenuto l'ultimo piano nella sua forma sontuosa e aveva trasformato il seminterrato in un laboratorio di ricerca. I quattro amici si riunivano lì per lavorare ai loro progetti comuni, ma non l'avevano più fatto da settembre, dall'inizio dei loro stage al Bellevue.

"Mm-wwoo-ahhhahahahah!" Entrando dalla porta del seminterrato sotto la scala superiore, Isaac si era esibito nella sua migliore imitazione di Bela Lugosi. "Benvenuti nel laboratorio Rauch!"

"Dov'è Igor?" Abe aveva cercato di rimanere sullo spensierato. "Dovresti licenziarlo. C'è puzza di caverna qui sotto."

"Dai, ragazzi, fate piano" aveva insistito Adam. "Mia madre ha le orecchie da pipistrello."

"Forse si è trasformata in una di loro e ha iniziato a gironzolare qui sotto" aveva scherzato Abe, per poi ricevere una leggera gomitata nelle costole da Adam. "Ehi, attento, posso ancora farti il culo."

"Nei tuoi sogni, vecchio mio" Adam aveva acceso la luce fluorescente, rivelando l'area di ricerca sorprendentemente spaziosa, completa di due tavoli da dissezione in alluminio, scaffali pieni di prodotti chimici e becher, barattoli e numerosi accessori. C'era una libreria piena di tomi di medicina accanto a una stazione di lavoro con due computer. Lungo la parete più lontana c'erano delle gabbie riservate agli animali da laboratorio, anche se solo una sembrava essere occupata in questo momento. "Avanti, ragazzi, date un'occhiata."

I tre si erano avvicinati alla gabbia e avevano scrutato l'animale addormentato. Videro un coniglio che dormiva in un nido di giornali tagliuzzati, e nell'ispezionarlo notarono quelle che sembravano essere due zampe posteriori nere sotto il ventre bianco come la neve.

"Oh mio Dio, Adam" Isaac aveva scosso la testa. "Non ti arrendi mai, vero?"

"Sono passate due settimane ed è in buona forma" aveva detto Adam con orgoglio. "Il corpo non sta rigettando gli arti e non mostra segni di disagio. Gli arti non sono funzionali ma, d'altra parte, non avevo qui Abe per fare l'operazione ai nervi."

"Allora, questo che cosa vuole provare?" Aveva chiesto Abe. "Che si possono rimettere le gambe a qualcuno, anche se non funzionano? Penso che la maggior parte degli amputati che tornano dall'Afghanistan preferirebbero avere quelle meccaniche. Almeno possono usarle per correre."

"Guarda dietro di te" aveva suggerito Adam.

I tre uomini si erano voltati e avevano visto un gatto nero che incespicava andando loro incontro. Aveva una notevole zoppia nelle zampe posteriori, entrambe bianche da cima a fondo. Si era avvicinato e aveva cominciato a strofinarsi affettuosamente contro di loro.

"Porca puttana" Abe si era lasciato cadere sulle ginocchia e aveva cominciato a ispezionare il gatto. Poteva sentire le incisioni chirurgiche dove erano attaccate le zampe posteriori, ma non riusciva a discernere nessuna anomalia. Se non fosse stato per il colore, l'operazione sarebbe sembrata un tentativo riuscito di riattaccare due arti recisi. "Hai fatto tutto da solo?"

"Non avrei potuto farlo senza di voi, ragazzi"

aveva detto Adam con orgoglio. "Signori, questo lo vedo come un via libera dall'Onnipotente. Non c'è ragione al mondo per cui questa cosa non debba continuare. Siamo sul punto di fare alcuni dei progressi più innovativi nella storia della medicina."

"OK, io ci sto ancora", aveva acconsentito Isaac, mentre si inginocchiava per ispezionare il gatto insieme a Noah. "Cerchiamo solo di superare Hanukkah così non sono via da casa al tramonto. Persino l'ospedale fa questa concessione."

"Ehi, so che tu e Abe avete delle famiglie, ma almeno Noah può venire a dare una mano. Per te va bene, Noah?"

"Certo", Noah aveva scrollato le spalle.

"Ora che abbiamo voltato l'angolo, dobbiamo solo trovare un nuovo posto di lavoro" aveva incalzato Adam. "Un luogo dove poter interagire con la comunità e applicare le nostre conoscenze per fornire servizi. Pensate a un'unità MASH, che improvvisa e si adatta per fare la chirurgia vera."

"Aspetta" Isaac aveva fatto una smorfia. "Stai parlando di lavorare senza licenza al di fuori di una struttura approvata? Se ci beccano, non potremo mai più praticare la medicina."

"Ti chiedo solo di ascoltarmi" aveva ribattuto Adam.

Si erano ritirati nell'area relax che aveva allestito e che assomigliava alla sala d'attesa di uno studio medico, e si erano seduti ad ascoltare la presentazione di Adam. Avevano discusso a lungo nella notte, e alla fine si erano trovati d'accordo sul continuare a perseguire il sogno di una vita che alla fine sarebbe diventato un incubo demoniaco.

---

1. Centro Correzionale Metropolitano
2. Centro Correzionale Metropolitano

CAPITOLO DUE

"Credi davvero a quelle stronzate?"

"Ti dico soltanto una cosa: la giuria abboccherà e se le berrà tutte" rispose Tommy Jackson quel pomeriggio, mentre i due detective lasciavano il CCM.

Fecero un giro nella Lower East Side, al Manitoba, un club a tema punk rock che entrambi frequentavano nel tempo libero. Proprio come i colleghi di ogni ambito lavorativo, i due compagni di squadra avevano cercato di trovare un terreno comune dove stabilire una connessione, nonostante le loro differenze culturali. Il rock and roll aveva funzionato per entrambi.

Ordinarono una birra alla spina e presero un tavolo nel bar scarsamente illuminato, quasi deserto, tranne che per un paio di universitarie e un po' di gente del posto che si fermava lì prima che iniziassero ad arrivare i tipi più fighi. Tommy aveva voglia di una sigaretta, ma non se la sentiva di stare in piedi davanti al locale come un maniaco della nicotina che indulge nel suo vizio. Si ricordava dei giorni in cui suo padre (che era morto di cancro ai polmoni) poteva fumare direttamente al bancone, prima che tutte quelle stronzate ecologiche degli yuppie diventassero la legge del paese.

"Difendersi individualmente sarà la loro mossa migliore" fece notare Orrin sorseggiando la sua birra scura Moose Drool. "Quando quelli della giuria vedranno quel povero scemo lassù che sembra un cervo sotto i fari, penseranno tutti che è stato fregato. Cercheranno di far ricadere la colpa su qualcun altro, e al momento io scommetto su Rauch. Hai sentito Birnbaum: l'intera faccenda è iniziata nel laboratorio di Rauch. Il procuratore distrettuale lo dipingerà come il barone Frankenstein."

"Sì, e Birnbaum sarà quello che aprirà la strada per gli altri." Tommy contemplò il sedere di una delle ragazze universitarie. "I loro avvocati ebrei si concentreranno su qualsiasi cosa in grado di togliere Birnbaum dai guai e cercheranno di trovare un accordo in appello. In questo momento sembra che il pubblico sia diviso a metà. La maggior parte delle minoranze e dei liberali vogliono vederli impiccati. Gli altri si stanno bevendo le stronzate su questo dottor Ciclope."

"Tu non ci credi" notò Orrin guardando il collega.

"Andiamo, Rampersad" trasalì Tommy. "Un dottore pazzo li indottrina per condurre tutti quegli strani esperimenti, ma alla fine è lui che interviene e fa il lavoro sporco? È come avere un bambino che sta vicino a un barattolo rotto, con le briciole dappertutto, e dice che è stato Pasticcino, quello di *Sesamo apriti*."

"Allora, come fanno quattro nerd di Brooklyn Heights a convincere Jerome Browne e Geri Lindsay ad andare nel loro seminterrato a East Harlem per un cambio di parti?" insistette Orrin. "Stiamo parlando di una superstar dell'NBA e di una modella internazionale, diversi come la notte e il giorno. Entrambi hanno detto di essere stati attirati in un luogo d'incontro perpoi essere drogati e rapiti. Nessuno dei due entra nei dettagli su chi ha incontrato e per quale motivo; si tratta solo di amici di amici. Sappiamo entrambi che si tratta di droga, ma come hanno fatto quei quattro cretini a entrare nel giro della droga?"

"Ecco perché hanno scelto East Harlem" azzardò Tommy. "Idioti o no, devono sapere che i soldi parlano e che le stronzate si diffondo presto tra i drogati. Iniziano a sbandierare il loro denaro lassù e si guadagnano un sacco di neri col grilletto pronto e di drogati che farebbero qualsiasi cosa per la loro prossima dose. Finché non interferiscono con gli affari di nessuno, gli spacciatori non ci fanno caso. Soprattutto se i dottori comprano caramelle per il naso per mantenere soddisfatti i loro galoppini."

"Questa roba è troppo grossa" dichiarò Orrin scuotendo la testa. "Come fa il direttore Madden ad aspettarsi che noi riusciamo venire a capo di una cosa del genere?"

"Io dico di restare in cima e di aprirci una strada verso il basso. Abbiamo ancora altri tre medici da interrogare, poi dobbiamo parlare con Patch e Combo. Una volta che avremo abbastanza informazioni, potremo far visita a Browne e Lindsay. Penso che per allora dovremo avere abbastanza roba per andare a fare qualche arresto. Se inchiodiamo il collegamento con la droga, potremo confermare o distruggere la pista sul dottor Ciclope."

"Scommettiamo dieci dollari che tra i mentori che hanno avuto al liceo o al college c'è un dottor Ciclope che li ha avviati su quella strada" sfidò Orrin.

"Ci sto!" Tommy gli fece un sorriso storto mentre sorseggiava la sua Guinness. "L'unico mostro con un occhio solo che vedranno quando sarà conclusa questa indagine è il mio cazzo. Dai, andiamo a cena e poi andiamo a parlare con Abe Javits."

~

In seguito avrebbero convenuto che Javits sembrava una versione più giovane di Ed Asner. Era un uomo basso e tarchiato con il contegno rassegnato di qualcuno che aveva accettato che il suo destino avrebbe avuto una conclusione inevitabile. Inizialmente rimase taciturno, certo che i detective avrebbero cercato di indurlo a dire qualcosa che avrebbero potuto usare contro di lui in tribunale. Si sciolse un po' solo dopo essersi lasciato convincere che stavano solo riprendendo dal punto in cui era arrivato Birnbaum.

"Allora, quella roba deve avervi spaventato" Tommy fece portare del caffè per tutti e tre. "Vedere un coniglio e un gatto andare in giro con le gambe trapiantate. Doveva essere ancora più sconvolgente per lei, da medico. Sapendo tutto quello che sa su queste cose, le avrà fatto più impressione di quanta ne avrebbe fatta a un tizio qualunque che avrebbe pensato che si trattava soltanto di un'altra scoperta scientifica."

"Beh, nessuno ha pensato neanche per un minuto che avrebbe funzionato sugli esseri umani" disse Javits passando le mani tra i capelli radi e brizzolati. "C'erano troppi test da fare. Sapevamo quanto Adam volesse che funzionasse, e immaginavamo che potesse aver sorvolato su alcune delle sue diagnosi post-operatorie. Anche così, tutti noi abbiamo preso in braccio il gatto e controllato le dita delle zampe posteriori, e penso che probabilmente tutti gli abbiamo dato un piccolo pizzicotto sulle cosce per vedere se sentiva qualcosa. Era troppo bello per essere vero.

"Doveva esserci un intoppo da qualche parte, e non avevamo altra scelta che riprendere da dove avevamo lasciato. Era un progresso incredibile, che andava al di là di quello che ci saremmo aspettati a quel punto. Ad ogni modo, c'era ancora un sacco di lavoro da fare, lo sapevamo tutti. Quando ci ha parlato del seminterrato, ci siamo preoccupati tutti per prima cosa dell'investimento in tempo e in denaro. Ci disse che ci sarebbe costato circa 200 dollari al mese a testa, e nessuno di noi era molto contento. La parte peggiore era doversi mettere in macchina un paio di volte alla settimana per raggiungere quel ghetto e fare la propria parte."

"Allora, ci racconti com'è andata quando ha visto il suo nuovo ambiente di lavoro" chiese Orrin. "Com'era Harlem dopo aver passato la maggior parte della tua vita tra Brooklyn Heights e Greenwich Village?"

"Faceva schifo, signori" disse Javits fissandolo. "Era una merda."

Raccontò del viaggio in taxi fatto con i suoi tre amici poco dopo la Festa dei lavoratori dell'anno precedente per raggiungere l'incrocio tra la 137esima strada e Lenox Avenue. Era tardo pomeriggio e avevano appena finito il turno diurno. Adam aveva pianificato la cosa in modo che potessero vedere il posto, andare a cena e prendere una decisione. Aveva chiamato il proprietario dell'edificio in anticipo e aveva pagato il tassista perché li aspettasse, in modo da non stare lì a fare da bersagli facili per i ladri una volta usciti.

Nonostante le dichiarazioni dell'ufficio del sindaco sul successo della sua campagna per il recupero di East Harlem e il rinnovamento del quartiere, i segni del degrado erano visibili ovunque. Tutti i negozi erano chiusi e all'interno i banconi erano protetti da plexiglas. Gli edifici erano ricoperti da graffiti, con i quali venivano delineati i confini dei territori delle gang. I senzatetto spingevano carrelli pieni di effetti personali lungo il marciapiede, e si intrattenevano con i tossicodipendenti che correvano avanti e indietro cercando di racimolare gli spiccioli per la prossima dose. I membri delle gang e i loro associati passeggiavano su e giù per la strada, e l'auto nera ultimo modello parcheggiata di fronte al taxi attirò il loro interesse fuggevole.

Stu Shapiro era sceso dall'auto nera e aveva fatto il giro per andare incontro ai dottori mentre uscivano dal taxi guardandosi intorno circospetti. Si erano scambiati i saluti e poi Shapiro li aveva condotti all'interno dell'edificio dai muri d'acciaio e verso lo stretto corridoio al piano superiore, dove aveva mostrato loro la parte posteriore.

"Ecco, questo è il montacarichi di cui le parlavo" Shapiro sollevò la porta scorrevole di legno che si trovava sulla parete in fondo. Era un uomo alto, biondo e di natura affabile. "È un po' un relitto ma, come le accennavo, se volete usarlo o ristrutturarlo, per me va bene. Se volete ingrandirlo, modificarlo, trasformarlo in un ascensore, o semplicemente risistemarlo in modo da poter spostare roba su e giù, fate pure. Basta che vi assicuriate che tutti i cavi vengano fatti passare attraverso il vostro contatore in modo che non venga addebitato niente a me, va bene?"

Stu aveva aperto la porta d'acciaio che conduceva al seminterrato e aveva acceso la luce per guidarli giù per gli stretti gradini. Arrivati in fondo non erano rimasti particolarmente impressionati dalle piastrelle e dai pannelli negletti nell'area altrimenti spaziosa. Il posto misurava circa 200 metri quadrati e aveva un divisorio scadente che creava un'anticamera lungo il lato est. Puzzava di muffa e di intonaco fresco, con una nota di spray contro gli insetti.

"Come le dicevo, io a questo posto non riesco a starci dietro, quindi vi do carta bianca sui cambiamenti. Ve lo lascio così com'è. L'impianto idraulico è stato messo in regola con il PVC, ma è ancora nei muri c'è ancora il rame originale. Questo è uno dei motivi per cui dobbiamo tenere le porte chiuse, perché ci sono stati episodi di effrazione da parte di gente che ha cercato di strappare i tubi di rame. Controllate sempre la porta d'ingresso quando andate e venite. È una porta solida. Farebbero prima ad entrare sfondando la tromba delle scale."

"Va bene, mi dia il tempo di fare una riunione qui con i miei soci, e domattina, prima cosa, la richiamo" si erano stretti un'altra volta la mano.

"Sa, quando un dottore ti dice che ti chiamerà come prima cosa al mattino, di solito non sono buone notizie" Shapiro si era esibito in un'espressione esasperata, prima di ridere e di dare una leggera pacca sulla spalla ad Adam. "Scherzo, si prenda tutto il tempo di cui hai bisogno. Come le ho accennato, ho appena preso questo posto, e ho speso un sacco di soldi per sistemarlo. Ho già affittato l'ultimo piano a questo tipo del teatro. Sto cercando di riempirlo di professionisti. Poi affitterò il terzo piano, il secondo, e questo qui. Per ogni cosa ci vuole tempo, sa com'è. Ma se le va di dargli una chance, io arrivo con i documenti e le chiavi; basta che mi chiami."

Una volta all'esterno erano fimasti sorpresi di vedere una macchina della polizia parcheggiata in doppia fila accanto alla Cadillac di Shapiro.

"Sono i ragazzi del venticinquesimo distretto" aveva spiegato Shapiro mentre accompagnava i medici al loro taxi. "Sono davvero bravi. Se li chiamate vengono a fare un giro in macchina. Basta non esagerare, naturalmente."

Shapiro era andato a chiacchierare con i poliziotti e i medici si erano messi a esaminare il terreno desolato. Il tassista aveva cominciato a lamentarsi con Adam, per cui questi aveva preso un'altra banconota dal portafoglio e gliel'aveva attraverso il finestrino dell'auto.

"Allora, cosa ne pensate?" aveva chiesto loro Adam.

"Per me sei un *meshugenah*" Abe si era picchiettato la tempia. "Quando mia moglie mi chiederà dove sarò, le dirò di prendere un taxi per la 137esima e Lenox, e poi di seguire gli avvoltoi."

"Ehi, sei *tu* l'unico avvoltoio di New York" aveva ribattuto Adam. "Senti, se ci mettiamo in contatto con un po' di gente del posto e facciamo in modo che qualcuno lo tenga d'occhio, questo posto è perfetto. Quando ci vedranno portare avanti e indietro animali da laboratorio, possiamo dire che facciamo tolettatura o qualcosa del genere. Nessuno penserà mai che siamo qui, né da Heights né dal Village. C'è un sacco di spazio al piano di sotto, quindi se sganciamo un paio di dollari e lo sistemiamo, possiamo trasformarlo in un posto di lavoro decente. Che ne dite?"

"Ehi, signori, non è che avete un dollaro, così mi posso prendere qualcosa da mangiare?"

Era stato allora che il destino aveva mandato Patch nelle loro vite.

Patch era una donna nera alta circa un metro e mezzo, una sosia di Whoopi Goldberg con i capelli intrecciati e stropicciati. Portava una benda sull'occhio sinistro e la sua pelle era coperta di irritazioni.

"Vive da queste parti?" le aveva chiesto Adam.

"Certo, proprio lì sulla strada" aveva risposto lei. "Voi venite dal comune?"

"No signora, forse saremo i nuovi inquilini di questo posto. Io sono Adam e questi sono i miei amici."

"Beh, io sono Walterine. Da queste parti mi chiamano Patch, per ovvi motivi."

"OK, Patch. Noi siamo nuovi qui, e speravamo di incontrare qualcuno che potesse aiutarci a conoscere meglio il quartiere. Magari anche a tenere d'occhio l'edificio per conto nostro quando siamo via. Conosce qualcuno da queste parti che potrebbe darci una mano?"

"Oh, io conosco tutti da queste parti" la donna era sembrata entusiasta. "Ci sto da sempre. Fate bene a parlare con me. Se c'è qualcosa che non sapete, non vi dovete preoccupare."

"Senta un po', Patch" Adam aveva fatto scivolare una banconota da cinque dollari dal suo portafoglio, e l'occhio iniettato di sangue di Patch si era allargato. "Se dovessimo decidere di trasferirci, potrei offrirle una certa opportunità. Prenderebbe in considerazione l'idea di passare le notti qui per, diciamo, venti dollari alla settimana? Dovrebb rimanere chiusa dentro per otto ore circa, ma ci saranno un bagno, un posto per dormire, cibo e acqua. E il riscaldamento per l'inverno."

"Quindi mi chiudereste dentro, proprio come al ricovero."

"Sì, ma avrà il posto tutto per lei. Poi una volta che avremo portato qualche mobile, una TV e così via, sarà anche più bello."

"Posso fare un tentativo, perché no?"

"Eccellente" Adam le aveva la mano sudicia. "Troviamoci di nuovo qui domani a quest'ora per accordarci."

Si erano diretti verso lo Starbucks vicino alla NYU per confrontarsi, e i suoi tre compagni erano pieni di dubbi. Avevano raggiunto il caffè con Abe che si faceva sentire più di tutti.

"Quindi la notte hai intenzione di chiudere quella ladruncola di strada con la nostra attrezzatura?" aveva sbuffato Abe. "Non la guardi la televisione? Qualche banda le metterà in mano un cellulare e lei andrà a scattare foto di tutto quello che abbiamo laggiù. Aspetteranno finché avremo caricato tutto e poi arriveranno armati di fucili e ci ripuliranno con le pistole puntate contro."

"Questo è quello che si chiama *brainstorming*" Adam si era chinato dall'altra parte del tavolo verso di lui. "Pensiamo agli scenari peggiori e troviamo delle soluzioni per prevenirli. Gliene parlerò, e prima di chiuderla dentro la perquisirò. Senti, ci vuole fiducia reciproca. Deve imparare a fidarsi di noi come noi ci fidiamo di lei. Dobbiamo anche fare appello alle sue debolezze. Cibo, riparo, soldi, qualche altro regalino di tanto in tanto. È come addomesticare un animale selvatico, è un processo graduale. Inoltre, i benefici sono enormi. Se lei ci aiuta a entrare in contatto con altra gente di strada, avremo qualcuno che ci aiuterà a sorvegliare il posto, oltre a essere i nostri occhi e le nostre orecchie. Potrebbero anche aiutarci a mettere le mani su alcune delle cose di cui avremo bisogno per la nostra ricerca."

"Tipo?" aveva chiesto Isaac, dubbioso, versando del latte nella sua tazza.

"Volontari" aveva detto Adam con riluttanza. "E narcotici."

"*Che cosa?*" aveva chiesto Abe, sbalordito. "Basta, io sono fuori."

"Sentite, cerchiamo di essere ragionevoli" aveva detto Adam mentre gli altri lo guardavano sconcertati. "Avete visto come va a finire a casa mia. Prima o poi si parlerà di interventi chirurgici, e avete visto cosa è successo con quell'esperimento con il primo coniglio qualche settimana fa. Volete che qualcuno cerchi di tagliarsi un'estremità se qualcosa dovesse andare storto? E quanta morfina pensate che riusciremo a rubare dal Bellevue prima che qualcuno se ne accorga? Sentite, ragazzi, ci siamo. Ora o mai più. Io ho fatto in modo che entrassimo nell'arena. Adesso, per rimanerci, dobbiamo fare tutti gioco di squadra."

"Stiamo per muoverci su un campo minato, e sono sicuro che tutti qui se ne rendono conto" aveva detto Isaac sorseggiando il suo caffè. "Abe è preoccupato per i rischi tanto quanto me e Noah.

Non stiamo rischiando solo le nostre carriere, ma anche la galera. Forse dovresti gestire tu l'operazione. Se sei disposto a occuparti del lavoro sporco, potrebbe essere uno scambio equo per avere la nostra cooperazione. Noi contribuiremo con quello che possiamo, ma sarai tu a mettere il tuo nome sul contratto d'affitto e ad avere a che fare con la gente di strada.

"Se dovessero prenderti per i narcotici, dovremo voltarti le spalle. So che sembra spietato, ma penso di parlare a nome di tutti quando dico che abbiamo a cuore la tua amicizia, e che ti amiamo come un fratello. Sappiamo che sei sul punto di fare qualcosa di grande qui, ma non possiamo rischiare il futuro delle nostre famiglie, non importa qual è il costo."

"OK" aveva ceduto Adam. "Va bene. Voglio solo che vi rendiate conto di quello che succederebbe se dovessimo arrenderci così presto. Prima di tutto, andremo incontro a delle sanzioni per tutto quello che abbiamo già realizzato. Ve le immaginate l'ASPCA, PETA e qualsiasi altra dannatissima associazione? Secondo, l'ospedale probabilmente ci farebbe pressione per farci vendere tutti i diritti a qualche società di ricerca. Così la cosa arriva a Washington, e non si otterrebbero le autorizzazioni necessarie per lavorare con dei soggetti umani per un altro decennio. Il nostro momento è qui e ora, amici miei. Datemi solo il vostro appoggio. Se volete che sia io a portare il peso della responsabilità, per me va bene. Ecco quando è importante per me. Non posso farcela da solo, però; ho bisogno di sapere che siete con me."

"Ti staccherò un assegno al mese per qualsiasi cosa di cui tu abbia bisogno, entro certi limiti, e verrò una volta ogni due settimane per fare quello che posso" aveva ceduto Abe. "A casa ho una moglie e quattro bei bambini. Anche se fossimo sul punto di curare il cancro, la mia famiglia viene comunque al primo posto. Questo non è negoziabile, e mai lo sarà. Questo è tutto il contributo che ti posso dare, Adam."

"Amen" aveva concordato Isaac. "Se sta bene a te, allora sta bene anche a me."

"E anche per me, credo" era intervenuto Noah.

"Quindi... ti lascerai influenzare da questi due *imbranati* per il resto della tua vita?" Adam aggrottò la fronte verso Noah.

"In che senso?" aveva chiesto Noah a bassa voce.

"Ti fai trascinare da queste sciocchezze sulla famiglia felice e sul porto sicuro?" lo aveva preso in giro Adam. "Ho due gatti che stanno aspettando che gli cucia sopra delle teste di cani. Quelli di *Good Morning America* stanno aspettando di fare un servizio su di loro. Potresti perfino finire sulla copertina di *Rolling Stone*, come Dzhokhar Tsarnaev. Usa la testa, *microcefalo*."

Noah lo aveva fissato senza parole, poi erano scoppiati tutti in una risata che aveva spezzato la tensione.

~

"Adam. Sei tu?"

Adam si era trascinato su per le scale fino all'appartamento al terzo piano della casa di Grace Court, dove sua madre risiedeva da sola. Lui aveva convertito la maggior parte delle stanze in in locali medici dove trascorreva il suo tempo dividendolo con il seminterrato per condurre le sue ricerche. La camera da letto spaziosa e ben arredata era l'unica area che assomigliava ancora a un alloggio.

"Sì, mamma, arrivo subito."

Si era avvicinato alla finestra e aveva fissato la vista mozzafiato dello skyline di New York sull'East River. Era stato colpito dal ricordo di come lui e i suoi amici da bambini si sedevano sulla Promenade o sotto il ponte di Brooklyn e fantasticavano su come un giorno avrebbero avuto il mondo in pugno. Avrebbero investito tutti i soldi guadagnati come medici a Wall Street, e sarebbero li avrebbero lasciati crescere sempre di più fino a diventare milionari con base a Long Island Sound, da dove ogni sera per cena avrebbero raggiunto South Street Seaport a bordo dei loro yatch. Qualsiasi cosa sarebbe stata facile per loro quattro.

Per loro quattro.

"Adam."

"Sì, mamma. Come ti senti? Vuoi un bicchiere di latte prima di andare a dormire?"

"Sono contenta che tu non abbia detto prima di andare a letto" aveva scherzato lei, come sempre.

Naomi Rauch era un'avvenente donna sulla sessantina che aveva avuto un ictus che l'aveva privata dell'uso delle gambe. Dopo aver scoperto un tumore maligno al seno due anni prima, aveva rifiutato ulteriori cure mediche fino a quando non aveva accettato di permettere ad Adam di eseguire un'operazione a domicilio. Da allora, non voleva più uscire di casa e insisteva che Adam si occupasse di tutte le sue esigenze mediche. Alla fine lui aveva deciso di approfittare della situazione e aveva cominciato a condividere le sue visioni per il futuro con la madre. Lei, a sua volta, aveva iniziato a dirottare gli investimenti che lei e il suo defunto marito gli avrebbero lasciato in eredità.

"Questi diecimila saranno incredibilmente utili e cambieranno vite" Adam aveva preso l'assegno che gli stava porgendo la madre e l'aveva baciata sulla guancia. "Riprenderemo da dove avevo lasciato qui di sotto. Hai visto Perky il gatto. Ora cammina bene. Dovresti vederlo. Te lo dico io, mamma, un giorno camminerai di nuovo."

"Oh, per favore" aveva detto lei, alzando la mano. "Ho fatto il pieno di camminate in questa vita. Metti da parte i tuoi miracoli per qualche ragazzino che non ha mai fatto un passo in vita sua. Ecco per chi sono questi soldi. E promettimi che nessuno si farà del male: nessun animale, nessuna persona, *nessuno* si farà del male."

"Nessuno si farà del male, mamma" Adam le aveva baciato la mano. "Nessuno, mai. Sono un medico. Ho promesso che avrei salvato vite, non fatto del male a qualcuno."

"Ecco il mio ragazzo. Ti voglio bene, figliolo."

"Anch'io ti voglio bene, mamma. Ti prendo il latte."

Sapeva che stava mentendo a sua madre. Diversi animali avevano sofferto ed erano morti nel suo laboratorio, e molti altri ancora lo avrebbero fatto.

Eppure nei suoi peggiori incubi non avrebbe mai potuto immaginare la quantità di sofferenza e di morte che erano dietro l'angolo.

CAPITOLO TRE

"E quindi abbiamo: Noah, il bravo ragazzo ebreo che segue i suoi amici, si fa abbindolare e si ritrova all'infernoe l'onesto Abe che lo segue a ruota, stacca gli assegni, arriva e controlla i pazienti un paio di volte alla settimana. Chi ci rimane, se non Isaac Vadim e lo stesso Rauch?" Chiese Tommy Jackson, facendo un ultimo, lungo tiro della sua Lucky Strike prima di lanciarla contro il muro del parcheggio, dove si era fermato accanto a Orrin Rampersad. "Vedi anche tu in che direzione sta andando, vero? Continueranno a scaricare la responsabilità. Vadim lo passerà a Rauch e poi Rauch scaricherà tutto su Ciclope, che non esiste. Faranno in modo di farci rincorrere le nostre stesse code. Hai sentito che hanno pianificato l'intera faccenda da prima che frequentassero la facoltà di medicina. Pensi che non si siano mai seduti sotto il ponte di Brooklyn a parlare di quello che avrebbero fatto se uno di loro si fosse trasformato in un Richard Kimble?"

"In chi?" chiese Orrin, perplesso.

"*Il Fuggitivo*" ribatté Tommy. "Non prendevate la TV americana dalle tue parti?"

"Fottiti" rise Orrin. "Allora, perché non torniamo indietro e non lo diciamo a Willard?"

"Assolutamente no" Tommy estrasse una fiaschetta di whisky dalla tasca interna della sua giacca di pelle e bevve un sorso prima di passarla a Orrin. "Stiamo seguendo la storia in prima fila; nessuno ne sa più di noi. Se tra un mese dovessero spararti in testa mentre sei sul campo, puoi ritirarti e vendere la storia a *Playboy*. E poi è meglio che fare indagini in una stanza piena di vittime di sparatorie da auto in corsa."

"Cosa succederà quando ci diranno che c'è un Ciclope? Se Rauch non ce lo consegna, sarà lui a farsi l'ergastolo. Perché non parliamo con lui direttamente?"

"Se andiamo direttamente da Rauch non avremo occasione di tormentare Vadim. Una buona indagine è come un buon vino; si incontrano raramente. Bisogna scuotere, sorseggiare e assaporare. Prendiamoci il nostro tempo, domani andiamo da Vadim per il brunch e da Rauch per cena."

"Mi sembra un buon piano" Orrin bevve il suo sorso di Jack Daniels e sussultò. Non avevano mangiato niente da quando si erano incontrati quella mattina al CCM.

Tommy arrivò al suo bilocale in Prince Street poco dopo le sette di sera. Lo faceva incazzare il fatto che stava spendendo un terzo del suo stipendio per l'affitto di quel posto, più altri mille dollari all'anno solo per parcheggiare la sua Camry. Non avrebbe mai immaginato che avrebbe guadagnato novantamila dollari all'anno e che comunque ce l'avrebbe fatta a malapena. Con due bambini che non erano ancora in età scolastica, avevano deciso di comune accordo che sua moglie sarebbe rimasta a casa. Non vedeva l'ora che potesse tornare al lavoro, ma fino ad allora, lui doveva solo sorridere e sopportare.

"È tornato papà!" partì il grido che era inevitabilmente la parte migliore della sua giornata.

Le bambine, Lorraine di cinque anni e Deirdre di due, gli corsero tra le braccia mentre lui si abbassava per salutarle. Le abbracciò e e diede loro un bacio, poi si alzò per mostrare un po' d'amore a Maureen.

"Com'è andata oggi?" Maureen, una bella donna di origine irlandese dai capelli color miele, gli accarezzò il viso. "Hai l'aria stanca."

"Beh, l'ho passata al CCM con gli scienziati pazzi, tra uno shottino e l'altro con il nuovo arrivato." Tommy si tolse la giacca e la appese alla cappelliera vicino alla porta. "Cosa c'è per cena?"

"Stufato irlandese" rispose lei, prendendo la

giacca e appendendola nell'armadio come faceva ogni volta che il marito tornava a casa. "Vuoi una birra?"

"Ancora stufato?" Si sedette al tavolo della cucina e le bambine tornarono al televisore nel soggiorno poco spazioso ma accogliente.

"Qualcuno è passato a fare la spesa questo fine settimana?" lo rimproverò lei. "Se vuoi guarda un po' le ragazze, e corro io giù a prendere qualcosa."

"No, ci vado domani quando stacco." Si strofinò gli occhi e sbottonò la camicia. "Chi se lo sarebbe mai immaginato che la Omicidi sarebbe stata così?"

"Ci stai dentro da tre anni. Hai parlato con quelli che ci stanno dentro da più tempo. Sai come vanno le cose." Riempì una ciotola di stufato e la mise nel microonde.

"La vita è tutto un casino." Si era sforzato di modificare il suo vocabolario, dato che quando le ragazze avevano imparato a parlare avevano concordato che non ci sarebbero state più imprecazioni in casa. "È questo il problema, non il lavoro. È l'economia, è la società, è il modo in cui va il mondo di questi tempi."

"Cosa dicevi sempre a proposito del fatto che a sentirci parlare non dovremmo sembrare i nostri genitori?" Tagliò una fetta di pane da una pagnotta fresca. Nonostante avesse due figli, era notevolmente magra e sarebbe potuta passare per una ragazza dell'università, se non fosse stato per le tracce di preoccupazione da moglie di un poliziotto sul suo viso.

"Mi sa che butterò un centinaio di dollari al negozio di alimentari e ne uscirò con quanto basta per arrivare fino alla prossima settimana" brontolò. "A volte penso che tu abbia ragione: saremmo dovuti rimanere a Brooklyn."

"Possiamo ancora tornarci. Puoi farti trasferire, hai il grado e l'anzianità ora. Possiamo stare dai miei finché non ci saremo sistemati."

"Non se ne parla." Appoggiò i gomiti sul tavolo e prese a massaggiare il cuoio capelluto con aria stanca. "Siamo qui. Devo contare le mie benedizioni. Qui possiamo mandare le ragazze al liceo artistico o all'istituto d'arte. Poi alla NYU. Quando se ne andranno, ci trasferiremo in Florida e vivremo come una coppia di ricchi ebrei per il resto della nostra vita."

"Sì, il Grande Sogno Americano di Thomas Jackson" annuì lei, mettendogli davanti la ciotola di stufato, insieme al pane e del burro in un piatto a parte. "Questo, naturalmente, se alle ragazze piacerà ancora colorare e disegnare quando finiranno la scuola elementare."

"Ehi, dobbiamo sostenere i loro sogni, aiutarle a sviluppare i loro talenti." Tommy assaporò una cucchiaiata dell'eccellente stufato di Maureen. "Se il mio vecchio mi avesse mostrato che nella vita c'era altro oltre al bere, chi lo sa?"

"Mi hai detto che sei sempre stato bravo solo a picchiare la gente." Lei gli versò un bicchiere di acqua ghiacciata. "Forse avresti dovuto fare il pugile."

"Ah" scrollò le spalle Tommy. "Ricchi, poveri, mendicanti, ladri. Sai, sono quegli ebrei che mi danno da pensare. Quei quattro, voglio dire. Avevano tutto, e sono finiti nella merda."

"Attento al linguaggio."

"Sì, sì. Comunque, ti viene da chiederti dove sia la giustizia in tutto questo. Io sono qui a farmi il mazzo, a cercare di dare una vita buona a mia moglie e alle mie figlie, e questi qua si fanno consegnare tutto su un piatto d'argento. Poi si girano e lo buttano nel cesso. Te lo dico io, forse avresti dovuto frequentare le Heights e sposare un ricco ebreo."

"Beh, peccato che mi piacessero i tipi duri. Duri e irlandesi" disse lei, stringendogli la spalla da dietro.

"Sì, sono stato fortunato" lui le prese la mano e la baciò.

"Allora, sono tutti snob e arroganti?" chiese lei, sedendosi al tavolo accanto a lui. "Non parli mai molto delle persone che interroghi."

"No, è proprio questo il punto" Tommy addentò un pezzo di pane imburrato. "Sono persone normale, con mogli e figli, sono preoccupati per il loro lavoro e cercano solo di andare avanti, come noi. Mi stanno spiegando come è iniziato tutto, e ho ancora qualche interrogatorio da fare, ma non riesco ancora a capire come diavolo sono arrivati dal punto A al punto C."

"Non ha niente a che fare con il fatto che sono ebrei, vero?"

"No, dicevo solo così per dire. Ho un parte che è nativo, di cosa stai parlando? Sono come Dirty Harry. Odio tutti allo stesso modo."

"Bene. Sono contenta che non stai diventando antisemita."

"Questo è antisemita, polla." Lui si avvicinò e le toccò amorevolmente il naso con un dito. "No, è solo che non riesco a credere a tutto quello che hanno fatto. Più cose vengo a sapere su di loro, più tutto questo non ha senso."

"Beh, qualcuno ha messo un braccio robotico a Jerome Browne, ha amputato la gamba di Geri Lindsay e ha fatto Dio sa cosa a quell'uomo, Combo" disse lei scuotendo la testa. "Hai trovato qualche indizio su quel dottor Ciclope?"

"Sembri Rampersad con questa storia sul Ciclope" strizzò gli occhi Tommy. "Devi aver letto di nuovo qualche tabloid."

"Come, con il mio binocolo? Non esco di casa da quattro giorni."

"OK, allora mandiamo Rainy all'asilo e Dee al nido, così puoi stare fuori tutto il giorno."

"Dai, basta con le stronzate. Ora è troppo tardi e ne abbiamo già parlato. Dico che ci deve essere di più di quello che stanno dicendo in TV. Tu sei stato lì dentro con loro, Tommy, ci hai parlato. Hai appena finito di dire che sono persone normali. Ma solo dei mostri sarebbero in grado di fare quello che hanno fatto, per come ne parlano i media."

"Wow, era buono" Tommy mise giù la scodella dopo aver trangugiato gli ultimi bocconi. "Ora il dessert."

"Beh, cosa vuoi?" chiese lei.

Lui si alzò, le prese la mano e le fece l'occhiolino.

"No, dai. Ho mal di testa."

"Sì, invece."

"Dai, fermati,." Si alzò lei, protestando. "Le bambine sono ancora in piedi."

"Non danno mai fastidio a papà quando fa un pisolino."

"Non sono riuscita ancora a fare la doccia." Ridacchiò lei mentre lui la tirava verso la camera da letto.

"Mi piaci esattamente come sei" disse lui mentre la porta si chiudeva dietro di loro.

I due detective si incontrarono alle dieci del mattino seguente al CCM, e Isaac Vadim era stato portato fuori per incontrarli in una delle stanze degli interrogatori. Vadim mostrava i segni della prigionia e sembrava che non avesse dormito molto. Come Javits, all'inizio rimase sospettoso e taciturno. Si rilassò un poco solo dopo aver scoperto che avevano già parlato con Birnbaum e Javits.

"Allora, Javits mi ha detto che non ha fatto esattamente i salti di gioia quando avete affittato la casa" Tommy sprofondò nella sedia di metallo mentre Orrin accendeva il registratore. "Com'è stata quella sera, la prima volta che ci siete andati?"

"Ho chiesto al tassista di aspettare che fossimo dentro, prima di andarsene, e gli ho dato dieci dollari in più per tornare quando l'avrei chiamato" gli occhi castani di Isaac traboccavano di energia, nonostante il suo aspetto trasandato. "Avevo anche impostato il mio cellulare per chiamare il 911. È così che ci sono andato la prima volta, ed è così che ci sono andato fino alla fine."

"Avevate fatto delle connessioni, però" Tommy si chinò dall'altra parte del tavolo e intrecciò le dita. "Avete incontrato Patch e poi Combo. Ad un certo punto le cose dovevano essere diventate più rilassate. Mi vuole far credere che ha temuto per la sua vita ogni singola volta?"

"Quando mi hanno preso in custodia mi hanno letto i miei diritti, e ho già parlato con il mio avvocato" rispose Isaac. "Sapete benissimo che non sono tenuto a dire un'altra parola finché non lo farete venire qui. E sappiamo anche che qualsiasi cosa dirò potrà essere usata contro di me. Non lascerò che induciate a incriminare qualcun altro."

"Va bene, mettiamola così: avevate le spalle coperte" Tommy scrollò le spalle. "Se non aveste avuto qualcuno che garantiva per voi, la banda della

137esima strada vi avrebbe arrostito su uno spiedo. Proviamo così, useremo 'spacciatore' come parola in codice. Il registratore è acceso. Sto dichiarando ufficialmente che il detenuto non sta ammettendo che il suo conoscente era uno spacciatore. Le sta bene?"

"Va bene, vediamo come va a finire" cedette Isaac.

"Allora, a proposito di questo spacciatore" riprese Tommy. "Immagino che Patch vi abbia aiutato a trovare un contatto sulla strada. Adam l'aveva sistemata come il vostro cane da guardia, da chiudere nel laboratorio di notte. Si è guadagnata la vostra fiducia, l'avete messa a suo agio e lei ha messo in giro la voce che voi eravate gente a posto. Abe ci ha detto chiaro e tondo che li trovavate così i volontari per gli esperimenti. Abbiamo già le dichiarazioni di Patch e Combo, oltre a quelle delle altre quattro donne che sono state salvate."

"La sua dichiarazione non influenzerà la situazione né in positivo né in negativo" interruppe Orrin. "Stiamo solo aiutando l'ufficio del procuratore a mettere in ordine i fatti. Lei è un uomo istruito, deve sapere che qui deve essere fatta giustizia. Sono sette le persone che sono state sfigurate a vita, quelle di cui siamo a conoscenza. L'obbiettivo qui non è quello di prendersi una libbra di carne, devono solo mandare un messaggio. Parte di quel messaggio è che tutti meritano un processo giusto e imparziale. Il nostro lavoro consiste nell'assicurarci che anche lei ne riceva uno. Se non ha tolto le braccia o le gambe a nessuno, o non ha riattaccato cose che non dovevano esserci, dovrebbe dirlo."

"Quello è il vostro lavoro, no?" disse Isaac sornione. "Siete voi che dovete dimostrare chi ha tolto cosa, e chi ha rimesso cosa."

"Va bene, facciamo che stiamo al gioco. È stato Ciclope? Ha fatto lui tutto il lavoro sporco?"

"Non lo so." Isaac si schiarì la gola. "Non l'ho mai incontrato."

"Allora come fa a sapere che esiste? Come fa a sapere che non si tratta di un personaggio del cazzo che si è inventato Adam per pararsi il culo?"

"Per via del braccio" disse Isaac espirando lentamente. "Quella prima volta Adam non sarebbe mai riuscito a fare una cosa del genere, non da solo. Lasciate perdere quello che aveva fatto con il coniglio e il gatto".

"Va bene, allora mi parli del braccio."

Isaac parlò della notte in cui erano scesi tutti nel seminterrato. Era una fredda sera di ottobre, poche settimane dopo che avevano firmato il contratto d'affitto, e Patch non era ancora arrivata. Avevano aperto la porta d'ingresso e il freddo del corridoio li aveva lasciati leggermente contrariati. Poi erano andati sul retro e avevano aperto la porta del seminterrato. Adam aveva acceso la luce e tutti insieme avevano sceso la ripida scala fino al laboratorio.

"Niente male" aveva ammesso Abe mentre stavano esaminando i lavori commissionati da Adam. Aveva ingaggiato un po' di gente del posto e li aveva fatti andare durante il giorno per completare alcuni dei lavori cosmetici iniziati dalla squadra di Shapiro. Il divisorio della stanza era stato completato e l'intero seminterrato era stato dipinto di grigio. Avevano notato anche che i tavoli di metallo, gli scaffali e gli armadietti erano stati spostati.

"OK, ora il *pezzo forte*." Adam si era avvicinato a una lunga scatola appoggiata contro il muro, dietro uno dei tavoli accanto a una pesante poltrona. "Dammi una mano, Isaac".

I due uomini avevano messo la scatola sul tavolo, con Adam continuava a ripetere di fare con delicatezza. Secondo la stima di Isaac doveva pesare circa dieci chilogrammi. Adam aveva tirato fuori un taglierino e l'aveva aperta, tagliando ogni cucitura fino a quando fu in grado di tirare ogni lato verso il basso e spazzare via i pezzetti di polistirolo.

"Che cosa vuoi fare, costruire un robot?" Noah era impressionato.

Si erano riuniti tutti intorno per osservare l'enorme braccio metallico che giaceva sul tavolo. Ad esso erano attaccate cinghie e fili, e aveva un design esotico.

"Quanto sarà costato?" Si era chiesto Abe a voce alta.

"Molto. Per fortuna è un oggetto restituibile, ma spero che non ci sarà motivo di farlo. Isaac, vuoi fare tu gli onori?" aveva pregato Adam.

"Gli onori di che?"

"Siediti, sbottona la camicia e lascia che ti prepari." Adam aveva premuto un pulsante rosso con il quale era sembrato attivare il dispositivo. Erano comparse delle luci che avevano preso a pulsare lungo tutta l'appendice, come se avesse preso vita propria.

"Prepararmi? Cosa vuoi fare?" Isaac era stato al gioco.

Aveva aperto la camicia, si era seduto sulla sedia, e Adam gli aveva allacciato una fascia per la testa dotata di elettrodi che andavano posizionati sulle sue tempie. Un'altra fascia girava intorno al suo petto con una cinghia che allineata con il suo midollo spinale. Gli altri lo avevano guardato affascinati mentre collegava il cavo dell'arto nella presa a muro.

"Questa cosa ha viaggiato a lungo e ha bisogno di essere ricaricata" spiegò Adam. "Una volta attaccato a un paziente per un tempo considerevole, rimane carico grazie alle correnti elettriche del corpo umano."

"Che roba..." era riuscito a mormorare Isaac.

"OK, ora ho bisogno che facciate finta che stiate per fare un test con il poligrafo." Adam aveva fatto un cenno agli altri. "Facciamo silenzio assoluto. Isaac, ho bisogno che tu faccia questa cosa meccanicamente, come se stessi cercando di muovere un arto completamente paralizzato. Pensa prima alla spalla, poi al bicipite, poi all'avambraccio, e poi polso, palmo e dita. I tuoi impulsi cerebrali coordineranno il dispositivo. Se non segui la sequenza, il braccio non sarà in grado di rispondere. All'inizio funzionerà in modo strano e al rallentatore, ma una volta sviluppato uno pattern, diventerà più facile. Spalla, bicipite, avambraccio, polso, palmo, dita. Prova."

Isaac si era sdraiato sulla sedia e aveva chiuso gli occhi. Gli altri lo avevano guardato pieni di aspettativa e le luci del dispositivo avevano iniziato a lampeggiare su e giù per tutta la sua lunghezza. All'improvviso, il braccio aveva mostrato uno scatto che li aveva quasi fatti saltare per la trepidazione. Si erano avvicinati e avevano visto l'articolazione del gomito che tremava, battendo freneticamente contro il piano del tavolo; poi, all'improvviso, le dita si erano aperte e richiuse.

"Questo è il massimo che riesco a fare." Isaac si era tolto la fascia per il capo e aveva rivoli di sudore che gli scorrevano sul viso. "Ho usato tutta l'energia cerebrale che sono riuscito raccogliere fino all'ultima goccia. L'idea è fantastica, ma c'è ancora molta strada da fare."

"Pensate a cosa potrebbe accadere se fosse attaccato chirurgicamente" aveva proposto Adam.

"Le onde cerebrali entrerebbero direttamente nel dispositivo, piuttosto che passare per la trasmissione di un elettrodo esterno."

"Quella cosa pesa almeno una decina di chili", aveva ribattuto Isaac. "Ci vorrebbe un sollevatore di pesi o un gigante per portarselo in giro. E anche allora sarebbe impossibile per una struttura scheletrica sostenere una cosa del genere."

"Ad avere un paziente con un cedimento strutturale esteso, si potrebbe riuscire a inserire una travatura per sostenere il telaio" aveva affermato Adam con fermezza.

"Stai praticamente parlando di trasformare qualcuno in un robot" aveva ribattuto Abe scuotendo la testa. "Una cosa del genere non può che costare milioni."

"No, ho un aggancio" aveva rivelato Adam sorridendo brevemente. "Un tizio che preferisce essere conosciuto come dottor Ciclope. È disposto a finanziare l'operazione a patto di mantenere l'anonimato. È molto interessato a quello che stiamo facendo qui, ed è disposto a fornire materiale e prototipi come questo per promuovere la nostra ricerca."

"Dottor Ciclope" aveva ridacchiato Isaac mentre si abbottonava la camicia. "Questo tipo ha guardato troppi film dell'orrore. Prima abbiamo avuto 'La casa di mattoni di Frankenstein', poi abbiamo avuto 'La mano robotica', e ora 'Il dottor Ciclope'. Dove diavolo stai andando a parare, Adam?"

"Hai visto cosa ho fatto con il gatto" aveva detto Adam con fervore. "Avete appena visto cosa può fare questa cosa. Devo solo unire i puntini, e voi siete gli unici che possono aiutarmi. Abbiamo fatto un patto che non eravamo ancora abbastanza grandi per farci una sega. Non potete tirarvi indietro adesso. Non vedete in che direzione stiamo andando?"

"Quella roba è troppo grande per essere sollevata da un essere umano." Abe aveva scosso la testa. "Abbiamo fatto un accordo, e credo che quest'impresa darà dei bonus importanti. Ma devi razionalizzare e concentrarti sui benefici a breve termine, perché qui stiamo parlando di investimenti personali. Continuerò a finanziare l'operazione, ma non può andare avanti per sempre."

"OK, se riuscirò a convincerti a venire qui per una serata tra due settimane, ti farò trovare un volontario in riabilitazione che potrebbe aver bisogno di un'estesa operazione ai nervi. Tu inizi e io lo ripulisco."

"Che cos'hai, un...?" lo aveva fissato Abe.

"Isaac, tu vieni giù la prossima settimana, così noi possiamo fare il lavoro di preparazione. Signori, siamo sul punto di fare la storia della medicina", aveva detto Adam fiducioso.

~

Isaac Vadim non era davvero a conoscenza degli eventi che si erano verificati dopo che i dottori avevano lasciato il seminterrato quella sera. Isaac e Abe erano assorbiti dalle imminenti feste di Halloween in programma per un paio di settimane dopo, e tutti e quattro erano sommersi dall'impennata di nuovi pazienti al Bellevue che stavano approfittando dei benefici concessi dal governo federale con l'Obamacare. Di conseguenza, avevano relegato il progetto in secondo piano, anche se Adam stava spingendo a tutto vapore.

Adam aveva sistemato un divano letto in quella che sembrava un'area d'attesa nell'angolo vicino alla scala che portava al seminterrato. Aveva anche steso un tappeto, posizionato un paio di poltrone, un tavolino e un piccolo frigorifero. Lo aveva riempito di panini e latte fresco e Patch aveva creduto di essere in paradiso. Lui aveva continuato a esortarla ad aiutarlo a fare qualche connessione in strada, e quando lei finalmente gli aveva portato uno spacciatore di medio livello, Adam si era messo a spiegare che avrebbe avuto un po' pazienti in day hospital e che avrebbe avuto bisogno di una scorta di narcotici di riserva per le situazioni di emergenza. Anticipando transazioni importanti, lo spacciatore si era fatto saggiamente da parte a favore di Django Tamsulosin.

Tamsulosin era lo spacciatore di riferimento nel territorio della banda della 137esima strada, in cambio del dieci per cento dei suoi profitti, che in media ammontavano a circa diecimila dollari a settimana. Governava il suo feudo con il pugno di ferro, e la sua banda era sempre disponibile per i rinforzi. Accompagnato da due dei suoi uomini armati, Tamsulosin era andato a far visita ad Adam nel seminterrato, e Adam gli aveva spiegato in dettaglio quello che aveva in mente.

Django aveva accettato di fornirgli trenta grammi di eroina al mese per mille dollari. Era uno sconto considerevole, ma gli permetteva di fare un rapido profitto con un cliente abbonato che acquistava quantità decenti, e senza doversi preoccupare di perdere clienti tramite la rivendita.

Django era tornato la notte successiva con un uomo di colore alto e tarchiato che sembrava essere in cattive condizioni. Tamsulosin e le sue guardie del corpo portarono l'uomo da Adam nel vestibolo dell'edificio. Aveva gli occhi grigi e acquosi e aveva una malattia della pelle simile a quella di Patch. Camminava con un bastone e sembrava avere problemi a mantenere l'equilibrio.

"Questo è il fratello di cui ti ho parlato." Django li aveva presentati. "Questo è Combo, uno dei miei ragazzi. Al momento è in cura per una distrofia muscolare. I medici dicono che la sua situazione sta peggiorando. Dicono che secondo loro sarà su una sedia a rotelle entro pochi mesi. Sta perdendo l'uso delle mani e delle braccia. Gli ho detto che cercate casi come il suo, e che potreste essere in grado di aiutarlo".

"Piacere di conoscerti, Combo." Adam gli aveva stretto la mano e aveva scambiato una busta con Django, in cambio di una piccola borsa. Poi gli spacciatori se n'erano andati.

Si conoscevano di vista, e Adam gli aveva spiegato che quella sera sarebbero stati chiusi lì dentro insieme. Disse che avrebbe sistemato Combo nell'anticamera e che con ogni probabilità la sua situazione avrebbe richiesto la sua permanenza sul posto per un trattamento e una terapia prolungati.

Adam aveva spiegato in anticipo a Patch che le sarebbero state date responsabilità aggiuntive per il doppio dei soldi, e che per il suo aiuto avrebbe guadagnato fino a quaranta dollari a settimana. Le sarebbe stato richiesto di fare da babysitter a Combo, dato che lui sarebbe stato in convalescenza per lunghi periodi di tempo. Alla fine, la stanza sarebbe stata sigillata e lei non avrebbe dovuto fare molto per prendersi cura di lui. Nessuno dei due sapeva che Adam lo avrebbe sedato durante la notte, e che non avrebbero avuto quasi nessuna comunicazione verbale.

"Quello che voglio che tu capisca è che questo comporterà una serie di operazioni minori" aveva spiegato Adam a Combo nel discutere la sua situazione nell'anticamera. Vi aveva già sistemato una brandina insieme a un piccolo tavolo e una sedia. "Prima di iniziare farò una serie di esami e ti darò una diagnosi completa. Quello che posso garantirti è che, se questa cosa funzionerà, potresti diventare più forte e più sano di quanto sei mai stato in vita tua."

"Le dirò la verità, dottore," aveva detto Combo, con le lacrime che gli sgorgavano dagli occhi, "ho paura. Ho solo ventinove anni. Non voglio morire. Ho sentito le storie su quello che succede a chi ha questa malattia. I muscoli muoiono a poco a poco, e alla fine si muore. Vada pure avanti e faccia quello che deve fare. Non mi interessa essere più forte e più sano, ma non voglio morire."

Adam aveva eseguito una serie di test rapidi e aveva scoperto che Combo non aveva quasi più forza nella mano sinistra e stava perdendo il controllo delle gambe. Aveva notato anche che aveva problemi a respirare di notte e soffriva di incontinenza.

"Per iniziare ti metterò sotto steroidi, insieme a qualche farmaco per aiutarti a dormire" gli aveva spiegato Adam mentre gli dava cinque pillole e un bicchiere d'acqua. "Patch sarà qui durante la notte per tenerti d'occhio, e io ti controllerò ogni mattina per assicurarmi che sia tutto a posto. Le medicine ti renderanno sonnolento e all'inizio dormirai molto, ma una volta iniziata la terapia dovresti abituarti alla routine. Faremo una corsa contro il tempo per cercare di stare al passo con la tua degenerazione muscolare. Ti metteremo sotto Prednisone per rallentare il processo abbastanza a lungo da permetterci di eseguire le operazioni."

"In cosa consisteranno gli interventi chirurgici?" Si era chiesto Combo parlando ad alta voce, con la fronte aggrottata.

"Beh, sarà una procedura radicale" gli aveva confidato Adam con un sorriso rassicurante. "Con ogni probabilità ci sono parti del tuo corpo che si stanno deteriorando completamente, e l'atrofia potrebbe portare ulteriori complicazioni. Se riusciamo a sostituire quelle parti, però, potremmo non solo prevenire la diffusione della malattia in quella determinata zona, ma, come ti dicevo, darti ancora più forza e mobilità a lungo termine. Al progetto parteciperanno anche un paio di colleghi che sono specialisti nei loro campi. Potrebbero anche essere in grado di aiutarti riparando, o perfino invertendo i danni ai nervi e il collasso arterioso che potrebbero verificarsi."

"Doc, per me va bene qualsiasi cosa dobbiate fare. Tutto quello che vi chiedo, per favore, è di salvarmi la vita."

"Farò tutto ciò che è in mio potere per cambiarti la vita, amico mio" Adam gli aveva dato una pacca rassicurante sulla spalla mentre quello ingoiava lo Prednisone e il Diazepam. "La mia speranza è che io e te faremo la storia."

"Le affido la mia vita, Doc" Lungo la guancia di

Combo era scesa una guancia, mentre stringeva la mano di Adam prima che questi se ne andasse.

"Limitiamoci a fare del nostro meglio, e ti assicuro che realizzeremo cose che il mondo non dimenticherà mai."

Combo si era sdraiato sul lettino ed era scivolato nel sonno più riposante di cui avesse goduto da molto, molto tempo.

CAPITOLO QUATTRO

Il mattino seguente Tommy chiamò Orrin e gli propose di incontrarsi allo Starbucks su Park Row vicino a Beekman Street. Orrin era leggermente sorpreso, ma accettò volentieri. Si salutarono agitando le mani perché Tommy era arrivato per primo e si era seduto a un tavolo sul retro. Orrin prese una tazza di caffè colombiano, ed entrambi fissarono con curiosità le rispettive tazze.

"Pensavo che volessi prendere qualcosa da mangiare. Mia moglie mi ha suggerito di incontrarti qui, per cambiare".

"Mia moglie pensava che avrei dovuto provare la stessa cosa", grugnì Orrin. "Pensava che magari avevi un problema con l'alcol. Di solito la mattina mi prepara una colazione completa, uova e prosciutto o roba del genere. La metà delle volte la divido con mio figlio."

"Sì, io di solito con il mio caffè prendo un paio di pezzi di pane tostato. Maureen sa che al mattino non mangio altro. Allora, oggi abbiamo Noah, Patch e Combo. Che pensiero ti sei fatto di Rauch ieri?"

"Si è seduto lì e ci ha raccontato un sacco di stronzate." Orrin fissò gli impiegati con la faccia torva che correvano avanti e indietro fuori dalla vetrina per andare al lavoro.

"Te l'avevo detto che quella storia del Ciclope era una sciocchezza." Tommy sorseggiò il suo caffè corretto.

"Non intendevo la parte su Ciclope. Quella me la sono bevuta. Sto parlando di tutta quella roba sulla transgenetica. Quella non era la sua area di competenza. Ha voluto mettere un cappio intorno al collo di Javits. Javits doveva sapere che non stava avendo a che fare con normali innesti di pelle. Ha fatto lui il lavoro su Patch, su Combo, e poi su Browne. Vedi, è così che si chiuderà il circolo. Javits dirà che il lavoro era già in corso e lui è intervenuto solo per controllare i danni. Il procuratore dirà che aveva l'obbligo di denunciarli, ma il suo avvocato ribatterà che si trattava di riservatezza tra medico e paziente. È proprio come ha detto Birnbaum. Questa roba se la sono sognata da adolescenti sotto il ponte di Brooklyn. Hanno preparato un campo minato legale, e il procuratore distrettuale dovrà giocare a campana per tutto il tempo."

"Sì, e ti dirò di più" ringhiò Tommy. "Se il procuratore arriverà in aula senza niente di concreto in mano, quando sarà tutto finito saremo noi a trovarci nella merda."

"Questa è quella che io definirei una situazione del cazzo." Orrin scosse la testa. "Non siamo assistenti legali, siamo poliziotti. Come diavolo fanno a darci la responsabilità di costruire un caso contro questa gente?"

"Ehi, è come il poker, le carte parlano da sole" insistette Tommy. "Il procuratore un caso o ce l'ha o non ce l'ha, noi ci dobbiamo solo assicurare che abbia un accordo equo. È per questo che la gente passa attraverso la buoncostume, è come una scuola di perfezionamento. Là si impara quello che serve a tenere in piedi le accuse. Quando esci da lì, sei il pacchetto completo. Ehi, siamo stati assegnati dal capitano e dal capo in persona. Ci sono dei rischi in ogni impresa redditizia. Se facciamo in modo che il caso regga, veniamo promossi. Ecco un punto a favore di Madden, a prescindere da quanto possa essere stronzo. Non dimentica mai un lavoro ben fatto."

"Al direttore Madden" Orrin alzò la sua tazza.

"A Patch" rispose Tommy. "Ce ne sono davvero pochi come lei, eh?"

Il giorno prima Adam Rauch aveva detto loro alcune cose su Patch – le stesse cose che aveva detto a

Isaac Vadim quando era tornato al brownstone il venerdì successivo, dopo che gli amici avevano visto il lavoro di ristrutturazione. Vadim aveva incontrato Combo e aveva sentimenti contrastanti riguardo alla fase successiva dell'operazione, e ancora di più riguardo a Patch.

"Soffre di un esteso deterioramento cellulare causato dal fumo" aveva spiegato Adam mentre sedevano nella sala d'attesa del laboratorio quella sera. "L'ho esaminata nei giorni passati. I suoi seni sono quasi appassiti; sembrano un paio di prugne. Quando il medico del Bellevue le ha detto che avrebbero dovuto essere rimossilei ha smesso di andarci. Questo è anche il motivo per cui la sua psoriasi non è stata curata, e neanche lo scorbuto. Per quello le ho dato la vitamina C, ma come ben sai, la psoriasi a questo punto è incurabile. Le ho dato delle pomate per alleviare i sintomi. Però penso che potremmo essere in grado di intervenire e fare qualche operazione correttiva."

"Beh, se ha detto che non vuole farsi togliere il seno, corri un rischio se vai avanti e lo fai comunque."

"Ha detto che sarebbe disposta a farsi fare un intervento di chirurgia estetica, però, tipo protesi al seno. Ho anche qualcosa che potremmo riuscire a usare per correggere la psoriasi nella zona anteriore del torso. Se questa cosa funziona, Isaac, avremo il via libera per metterci al lavoro su Combo. Potremo gestire l'azione noi. Se riusciamo ad avviare le cose, poi Abe e Noah potranno venire a fare il trattamento di follow-up. Dobbiamo metterci al lavoro su Patch e poi andare avanti da lì."

"OK, aspetta!" Isaac aveva alzato un dito. "Hai *anche* qualcosa per correggere la psoriasi?"

"Sto parlando di sostituire la pelle della parte anteriore del torso, dalla clavicola al bacino. Ne ho discusso a lungo con lei; le ho detto tutti i possibili scenari. Mi ha pregato di chiederti di aiutarmi a iniziare il prima possibile."

"Dove prenderai il materiale per il trapianto di pelle?"

"Il dottor Ciclope" aveva rivelato Adam. "Ha sviluppato una pelle artificiale usando una tecnica transgenica; è molto più durevole della pelle umana ed è impermeabile alle malattie della pelle. Se funziona, guarirà completamente nella zona trattata, e la nuova pelle sarà molto più attraente e pulita di qualsiasi altra."

"E quali svantaggi ci sono?"

"Beh" aveva detto Adam piano, un po' sulle spine, "è disponibile solo in un colore."

"Geniale, Adam, semplicemente geniale" aveva sbuffato Isaac. "Hai due persone di colore per estesi innesti di pelle con pelle artificiale che, guarda caso, è bianca. Cosa pensi che succederà quando andranno da un dottore normale? Non vedi una possibilità anche esile di dover passare i prossimi anni ad Attica?"

"Guarda, davanti a noi ci sono svariate possibilità" aveva insistito Adam in modo piatto. "Devi iniziare a guardare gli aspetti positivi. Se l'intervento funziona sulla parte anteriore del tronco, non c'è ragione per cui non potremmo continuare lungo il resto del tronco. Certo, all'inizio sembrerebbe strano, ma dopo un po' il paziente la vedrebbe come una specie di body permanente, una seconda pelle. Non è che inizierà ad andare a prendere il sole a Central Park, per l'amor di Dio. Inoltre, lei starà considerando il valore del costo-opportunità. Mi ha detto che il seno è stata una delle poche risorse che abbia mai avuto in questo mondo, e il danno all'arteria periferica glielo ha portato via. Riaverlo e vedersi fermata la diffusione della psoriasi sarebbe il più grande dono che potrebbe avere in questo mondo."

"Quando hai intenzione di procedere?" Isaac si era strofinato le tempie.

"La pelle sarà qui domani sera."

"E così Patch si sveglia due giorni dopo, ancora intontita da tutta l'eroina *black tar* o altre robe simili che stavate usando, e l'unica cosa di cui ha memoria è che uno di voi era seduto lì a fare domande." Il giorno prima, mentre interrogava Rauch, Tommy era di umore un po' scontroso. "Dice che all'inizio era sconvolta, ma alla fine si è innamorata della nuova pelle e ha passato ore davanti allo specchio a guardarsi il seno. Poi ha cominciato addirittura a detestare la pelle nera, quella malata, e ha chiesto di essere ricoperta dalla nuova pelle bianca. Voleva essere completamente bianca. Non l'avevate previsto questo? Non avevate capito che stavate giocando a fare Dio?"

"Pensavo che foste qui solo per i fatti, come *Dragnet*." Adam inclinò la testa, guardandolo da vicino.

"Beh, come dicevamo, questo sta ancora giocando a suo favore" intervenne Orrin. "Non sappiamo ancora chi l'ha messa sotto i ferri, anche se era lei il portavoce del gruppo. Non è ancora sufficiente per farle ricadere la colpa addosso, perché il suo avvocato può uscirsene dicendo che potrebbe essere stato Ciclope."

"Tutte le strade portano a Ciclope" sogghignò Tommy.

"Così, quando ha cominciato a farle pressione per avere un'altra operazione e ad accennare che se lei non si fosse dato una mossa sarebbe potuta andare a farsela fare altrove, deve aver capito che la cosa stava diventando problematica. Perché non l'ha fatta mettere in riga dallo spacciatore?" chiese Orrin.

"*Se* ci fosse stato uno spacciatore" rispose Adam, "sarebbe stato lì per fare soldi, non per caricarsi i problemi di qualcun altro."

"Per favore, dottore." Tommy sgranò gli occhi. "I poliziotti hanno trovato la cella frigorifera piena di parti di corpo congelate. Hanno già una lunga lista di impronte digitali e campioni di DNA che hanno permesso di identificare più di una dozzina di vittime. Per non parlare delle quattro donne che sono state salvate, insieme a Geri Lindsay e Jerome Browne. L'ufficio del procuratore non ha dubbi sul fatto che lo spacciatore le abbia scaricate tutte nel vostro laboratorio per un viaggio di sola andata. Gli esami forensi sono sospesi fino allo scongelamento delle parti del corpo, ma gli esami preliminari indicano che alcune delle vittime potevano essere ancora vive quando hanno subito le amputazioni. Se questo spacciatore non esiste, vi ritroverete in un mucchio di guai ancora più grosso."

"Beh, questo è irrilevante" incalzò Orrin. "Stiamo divagando. OK, Patch esce dalla sala operatoria che è al settimo cielo, ha una nuova prospettiva di vita. Voi cominciate a servirle il discorso di incoraggiamento da usare su Combo. Nella sua dichiarazione, lui dirà che stava cadendo a pezzi velocemente e non aveva altra scelta che mettere la sua vita nelle vostre mani. Solo che va a dormire e si sveglia con un paio di barre di metallo al posto delle gambe. Dice che a quel punto lo avete trasformato in un drogato."

"Su questo mi appello al Quinto emendamento, oppure potete fare venire qui il mio avvocato" dichiarò Adam con decisione.

"Guardi, le stiamo chiedendo di aiutarci" Tommy cercò di placarlo. "Sia Combo che Patch sono qui al CCM con la loro parte di responsabilità per i vari incidenti. Combo ha fatto una carneficina qui ad Harlem; ha già i suoi problemi da affrontare. Sta dando la colpa a voi, ma il procuratore non se la berrà, non quella parte. C'è mai stato un momento in cui ha pensato che fosse capace di uccidere? Ha mai pensato a qualche tipo di trattamento con il metadone per liberarlo dalla dipendenza dall'eroina una volta completati gli interventi iniziali?"

"Sta insinuando che Ciclope l'ha fatto diventare un tossicodipendente" disse Adam sorridendo. "Questo vi darebbe le basi per incriminare Ciclope per uso e possesso."

"O lui o lei, Doc" ci tenne a sottolineare Tommy. "Qualcuno dovrà pagare il conto."

"Perché non dovrebbe funzionare anche al contrario?" suggerì Adam. "Se doveste riuscire a finirlo, non sarebbe logico se ci trascinasse di nuovo tutti e quattro dentro?"

"Non può essere accusato due volte per lo stesso crimine" gli ricordò Orrin.

"Giusto. Quindi dobbiamo chiudere questo caso prima di consegnare Ciclope... se mai dovessimo essere in grado di farlo."

"Quindi, secondo la sua storia tutti i contatti che ha avuto con lui sono stati su Internet attraverso siti web stranieri." Tommy incrociò le gambe sotto il tavolo. "Sta cercando di dare la colpa a un fantasma nel cyberspazio".

"Dove abbiamo preso gli arti robotici?" Adam sorrise. "Non sono usciti da qualche Stazione immaginaria del cyberspazio, vero?"

"Allora torniamo alla cronologia degli eventi." Tommy batté il dito sul tavolo. "Combo sostiene che non sapeva in anticipo che gli avreste cambiato parti del corpo. La prima volta che è andato sotto anestesia gli avete tolto gli arti e li avete sostituiti con dei pezzi meccanici. La seconda volta l'avete aperto e gli avete messo dei rinforzi intorno alla spina dorsale. Poi gli avete tolto il braccio sinistro."

"Per chiarezza con il vostro registratore, tutto il lavoro è stato fatto da Ciclope."

"Sì, certo. Quindi, Ciclope lo stava trasformando in un cyborg umano, pezzo dopo pezzo, e lo stava dopando in modo che non avesse molta voce in capitolo. Ha detto che gli ci sono volute settimane prima di riuscire a far reagire le nuove gambe e, anche allora, ha passato la maggior parte del tempo con le stampelle perché non riusciva ad adattarsi ai requisiti mentali. A volte riusciva a farle camminare e a volte si bloccava nella marcia. Lo stesso vale per il braccio: a volte riusciva a usarlo per mangiare e altre volte si metteva a lanciare roba dappertutto."

"C'erano una serie di condizioni preesistenti inaspettate, e nessuno di noi aveva una vera esperienza nel campo. La robotica è la mia area di competenza, ma ho sempre lavorato solo con le protesi. A voler fare un paragone, eravamo come le truppe afgane a cui la CIA ha dato armi all'avanguardia senza manuali di istruzioni. Siamo dovuti andare avanti per tentativi ed errori ma i fallimenti sono stati causati per lo più dall'incapacità di Combo di prendere il controllo dei dispositivi."

"Dice che è stato trasformato in un tossico. Forse questo c'entra qualcosa."

"Forse è stata la dipendenza a rendere la sua piccola escursione un successo così strepitoso." Adam stese il braccio sullo schienale della sedia. "Dove c'è una volontà c'è un modo."

"Sei persone uccise" Tommy si accigliò. "Che fine ha fatto il suo giuramento di Ippocrate?"

"Non lo sto giustificando. È solo che posso capire come sia successo."

～

"Andiamo, Combo. Puoi farcela. Puoi andare a prendere qualcosa per tutti e due."

Erano lì da mesi, e Patch stava acquisendo sicurezza e prendendo confidenza con la situazione. A quel punto era diventata molto loquace e chiacchierava con i medici quando entravano e uscivano. Aveva socializzato in particolare con Adam, che di tanto in tanto mentre le faceva i controlli di routine scherzava con lei. Per lo più però era molto professionale e attento ai dettagli, e le stava con il fiato sul collo dal momento in cui entrava fino a quando non si assicurava che ogni indicazione che le aveva dato era stata seguita alla lettera.

Soprattutto per quanto riguardava le sue mansioni nei confronti di Combo. Doveva assicurarsi che assumesse la sua terapia e che tutte le cicatrici e le aree trattate fossero medicate in modo adeguato. Adam tuttavia non sapeva che Patch stava lentamente disintossicando Combo prendendo uno o due dei suoi Hydros e Oxys per sé di tanto in tanto. E Combo non solo stava diventando più lucido, ma stava anche affrontando il dolore molto meglio. Solo che, quella sera in particolare, Adam aveva detto loro che non sarebbe stato presente. Era Halloween e doveva portare i figli a una festa. Patch aveva preso una pillola di troppo dal dosaggio notturno di Combo, e stava diventando ansiosa e irritabile.

"Senti, ti do l'indirizzo. Ti dico che quella porta la puoi forzare con le tue braccia. Non torneranno prima di domani. E per allora l'avremo già fatta sistemare."

"Certo, per te è facile dirlo." Combo sembrava malinconico. "Seti buttano fuori, tu hai posti dove andare. Se buttano fuori me, dove posso andare con tutta questa merda che ho addosso? Riesco a malapena a camminare, stanno sempre a tagliarmi, non posso resistere neanche un giorno senza la mia roba, Patch, sono un disastro."

"Senti, ti ho detto qual è l'accordo qui." Era impaziente. "Pensi che ti vogliano far andare in giro così? Quello che fanno non è giusto, ci usano per gli esperimenti. Come mai nessun altro ha braccia e gambe grosse come le tue? E come mai nessun altro ha una pelle da ragazza bianca come me?"

Patch si era tirata su la felpa e gli aveva mostrato la parte mediana del tronco, quella che andava da sotto i seni all'ombelico. Era bella, liscia e bianco avorio. La sua pelle naturale, che riprendeva dalla gabbia toracica, era ancora butterata e scabbiosa. Combo aveva allungato la mano per toccarle lo stomaco e lei gli aveva dato uno schiaffo e aveva tirato giù la maglia.

"Ha detto che mi metterà questa pelle su tutto il corpo" aveva insistito Patch. "Ha detto che sistemerà anche te. Sarai Superman quando avrà finito. Ma questo non significa che mentre siamo qui non possiamo divertirci. Non ti ha dato abbastanza medicine per tenere a bada il dolore e non tornerà prima di domani, e questo è un fatto. Quindi puoi alzare il culo e uscire. Vai all'indirizzo che ti ho dato, prendi un po' di roba e portala qui. Puoi prenderne abbastanza per farci una scorta nostra senza che lui ne venga a sapere nulla. Poi il resto della roba che ci darà farà sempre festa, amico mio."

"Stai cercando di incasinarmi così puoi tenerti tutto" Combo si era passato la mano destra sulla testa ricciuta. "Lo so che non te ne frega niente di me."

"Ti sbagli, amico, ti sbagli! Chi si è preso cura del tuo culo nero per tutti questi mesi? Ti ho dato da mangiare con un cucchiaio come a un bambino! Chi ti ha cambiato le bende, messo la pomata sul culo, controllato i tubi eccetera, eccetera? Non fare la lagna con me. Perché non alzi il culo e non vai verso quella porta... e vedi cosa succede?"

Anca-ginocchio-polpaccio.   *Anca-ginocchio-polpaccio.*

Aveva fatto come gli avevano detto, e la gamba meccanica aveva quasi catapultato il resto del corpo fuori dal lettino medico. Il movimento improvviso aveva preso entrambi alla sprovvista, e furono le espressioni sui loro volti ad aiutarli a riprendersi.

"OK, Combo. Fai quello che ti hanno detto: focalizzati, concentrati. Vai verso quella porta lì. Ce la puoi fare."

Anca-ginocchio-polpaccio.   *Anca-ginocchio-polpaccio.*

La gamba robotica era scattata in avanti, strattonandosi dietro il resto e facendogli sentire un dolore lacerante all'articolazione dell'anca. Combo aveva poi ricordato che gli avevano detto di bilanciare il peso in modo che il movimento fosse naturale e la sua gamba sinistra si sarebbe mossa in avanti di riflesso. Aveva cominciato a barcollare in avanti, e dopo una dozzina di passi si era trovato dall'altra parte del locale e ai piedi delle scale che portavano alla porta d'acciaio del livello superiore.

"Combo, amico mio, questa sì che è *roba seria*, fratello!" Patch era rimasta a bocca aperta. "Andiamo, dai. Sali quei gradini, Combo! Puoi farcela!"

Anca-ginocchio-polpaccio. *Anca-ginocchio-polpaccio.*

La gamba robotica stava trascinando tutto il suo peso corporeo su per le scale, e il dolore all'anca era straziante. Era arrivato in cima alle scale prima di avere il tempo di accorgersene, ma una volta lì, era riuscito solo ad appoggiarsi alla porta, perché la testa gli stava girando talmente tanto che si sentiva come se stesse per perdere conoscenza.

"Forza, Combo! Usa il braccio! Devi usare il braccio!" Lo aveva chiamato Patch dal fondo dei gradini.

"Va bene, va bene, aspetta un attimo!" Aveva ansimato Combo in agonia. "Dammi un minuto. Mi sto sentendo una merda!"

Alla fine si era ricordato di quello che gli avevano detto a proposito della schiena. Doveva usarla, coinvolgerla. Se per prima cosa avesse mandato un impulso alla schiena, allora i rinforzi avrebbero sostenuto il pesante movimento degli arti robotici.

Schiena-spalla-gomito-mano.

Ora sì che stava andando da qualche parte. Riusciva a sentire il meccanismo nella schiena che spingeva il braccio, che si alzava e lo aiutava ad appoggiarsi alla porta. Aveva percepito anche la tensione nella gamba, e si era reso conto che erano i supporti posteriori a sostenere il movimento dell'arto.

"OK, Combo. Quella serratura non è un cazzo contro di te. Apri quella porta, poi la facciamo chiudere. Diremo che qualcuno ha cercato di entrare, ma ha sentito dei rumori e se n'è andato."

Schiena-spalla-gomito-mano.   *Schiena-spalla-gomito-mano.*

Era stupito dal funzionamento dell'apparato all'interno del suo corpo, sembrava quello della gru in un cantiere. Le dita di metallo avevano iniziato a scavare l'imbotto della porta mentre la schiena sosteneva la forza pneumatica, e la gamba serviva da ancora e lo bloccava in posizione. In pochi minuti, le dita si erano incuneate tra la porta d'acciaio e il telaio metallico, e la stavano aprendo come un piede di porco meccanico.

"Ce l'hai fatta, Combo! Ce l'hai fatta!" aveva gridato Patch, arrivando a metà dei gradini dietro di lui. "Ora vai all'indirizzo che ti ho dato e prendi un po' di roba da quel tipo. Sistema la porta in modo che sembri a posto, e io ti aspetto qui finché non torni. Se tornano i dottori, dirò che qualcuno ha fatto irruzione e che tu sei andato a chiamare la polizia."

"Basta che mi pari il culo" aveva detto Combo con una certa durezza.

"Amico mio, dopo quello che hai appena fatto pensi che qualcuno ti possa rovinare?"

Combo aveva cavalcato la gamba robotica fuori

dalla porta, poi si era girato e aveva sollevato il braccio per forzare la porta nell'imbotto. Poi, nel trascinarsi lungo il corridoio sudicio e poco illuminato, fuori dalla porta e nella notte, aveva provato un brivido di eccitazione misto ad apprensione.

CAPITOLO CINQUE

Combo stava ripensando a quando era un ragazzino e lui e i suoi amici, vedendo gli ubriachi per strada, li seguivano, deridendoli e sfidandoli a prenderli. Si dice 'chi la fa l'aspetti', e quella era certamente l'ora di aspettarsela. Intorno a lui C'erano circa una dozzina di ragazzi che imitavano la sua camminata e sembravano una squadra di piccoli Frankenstein in marcia lungo la cento trentasettesima strada. Non sembrava una cosa particolarmente insolita per la notte di Halloween, ma era comunque inquietante.

Combo aveva percorso un paio di isolati fino ad arrivare all'appartamento che si trovava nel seminterrato di una casa popolare malfamata. Ormai le appendici robotiche dell'anca destra e della spalla sinistra sembravano sul punto di strapparsi dal suo corpo. La schiena stava reggendo bene, ma se non fosse stato per i rinforzi, a quell'ora avrebbe potuto trovarsi a pezzi. Tuttavia aveva spinto il suo corpo molto più di quanto i medici gli avessero mai chiesto, e si rendeva conto che avrebbe avuto grosse difficoltà a tornare al laboratorio.

Aveva raggiunto l'area barcollando e si era fermato a riposare. I bambini si erano stancati di tormentarlo e avevano deciso di fare qualcos'altro. Poi aveva raccolto le sue energie e si era diretto verso la porta, portando il braccio robotico a bussare al cancello di ferro che sbarrava l'ingresso del vestibolo sotto la scalinata anteriore. Il colpo aveva prodotto un suono martellante, come si era aspettato, e lui aveva atteso per vedere se qualcuno avrebbe risposto dall'interno.

La porta interna si era aperta scricchiolando, e un piccolo vecchio traballante era uscito dalla porta.

"Chi è?"

"Mi chiamo Combo, sono un amico di Patch. Ha detto che potresti essere in grado di aiutarmi."

"Patch? Per quale diamine di motivo Patch ti ha mandato qui?"

"Ha detto che mi avresti aiutato. Sto soffrendo, fratello."

"Beh, amico mio" il vecchio aveva cominciato a sbloccare i molteplici chiavistelli della porta. "Patch non la sento da quasi un anno, e ora mi manda qualcuno. Va bene, dai, entra pure."

Combo aveva attraversato la porta ed era entrato

nel corridoio buio che portava al piccolo appartamento nel seminterrato. I mobili erano un po' distrutti e consumati, c'erano piccoli tappeti ovunque e il posto aveva un tipico odore di vecchio. Combo si era voltato e si era reso conto che il vecchio era cieco perché stava brancicando la strada verso il soggiorno.

"Allora, hai una gamba finta, eh? È questo il tuo problema? Avanti, siediti."

"Ho anche un braccio finto. I dottori mi hanno messo questi aggeggi robotici. Ora non sono all'ambulatorio e io e Patch abbiamo finito le medicine. Mi sento come se questa roba fosse sul punto di staccarsi."

"Probabilmente hai finito le medicine perché le ha prese Patch." Il vecchio era riuscito a tirare fuori una risata mentre si rimetteva sulla sua vecchia poltrona reclinabile. "È stata qui per un paio di mesi prima che mio nipote la facesse scappare. Lui era in prigione quando lei è venuta qui. Poi è uscito e l'ha fatta scappare, anche se gli ho chiesto di aiutarla se l'avesse incontrata per strada. Mi ha aiutato un sacco, qui. Puliva, mi preparava da mangiare. L'unico problema era che allungava le mani nelle mie medicine. L'assistente sociale mi ha fatto il culo perché pensava che ne prendessi troppe."

"Chi ti aiuta adesso?"

"Ora ho le cure palliative. Dicono che ho il cancro e che sono finito."

"Sta venendo fuori un sacco di roba, adesso."

Combo era riuscito ad abbassarsi su una poltrona, di fronte al vecchio. "Prima o poi faranno fuori anche quel cancro. Guarda me, guarda quante cose nuove stanno facendo."

"Temo di non poterlo fare" aveva ridacchiato il vecchio. "Mi chiamano Pop. E tu, dimmi, come ti chiami?"

"Sono Combo. Pensi di potermi dare un paio di pillole per tirare avanti?"

"Sì, vieni che te ne do un paio."

Si era reso conto che la sfida più grande era quella di cambiare livello, come mettersi in piedi o salire le scale. Sedersi o muoversi in linea retta non era un problema.

"Sento che hai problemi a muoverti, fratello. Stai bene?"

"È la mia gamba. Non l'ho ancora usata molto."

"Va bene. Tu rimani qui, ci penso io."

Combo era rimasto seduto a guardare il vecchio che si alzava, andava verso il frigorifero nell'angolo cottura e tirava fuori due bibite. Una l'aveva posata sul tavolino accanto alla sua sedia e l'altra l'aveva portata a Combo, insieme a due pastiglie.

"Ecco qua, fratello. Ti piacciono il blues o il jazz?"

"Quello che preferisci tu." Combo lo aveva ringraziato per le pillole e la soda.

Aveva aperto la lattina e buttato giù le pillole mentre Pop si era avvicinato alla parete opposta e aveva attivato il suo modesto stereo. Aveva delle etichette in braille sulle cassette ed era quello il modo in cui riusciva a identificarle. Aveva scelto un assortimento di blues di Memphis, e il suono si era diffuso dolcemente in tutto il soggiorno. Il volume era alto abbastanza da fare da sottofondo alla loro conversazione.

All'improvviso Combo era stato sopraffatto da una forte emozione. Si era reso conto che nessuno lo aveva trattato così bene da molto tempo. Non stava prendendo in considerazione Patch perché lei si guadagnava vitto e alloggio in cambio di quello che faceva. E quella sera aveva saputo che anche lei era una paziente. Prima di essere presentato ai medici da Django si era sempre dovuto arrabattare per trovare un posto dove passare la notte nel rifugio maschile, oppure un posto decente sotto un ponte, o in un vicolo, quando non ci riusciva. Era un mondo duro e crudele, e là fuori tutti cercavano solo di sopravvivere. Quel cieco che lo stava facendo sentire a casa gli stava scaldando il cuore.

"Ora siamo amici, eh?" Combo era riuscito a fare un sorriso.

"Ci si sente un po' soli quando si arriva alla mia età e non si vede abbastanza bene per andare in giro. Gli unici che vengono regolarmente sono l'assistente sociale e l'operatore dell'ospizio. Mi piace avere un po' di compagnia qui ogni tanto. Vieni pure quando vuoi."

Dopo un po', le pillole di idrocodone avevano cominciato a fare effetto e ad alleviare il dolore pulsante e tagliente alle articolazioni con il loro sollievo calmante. La musica lo stava rilassando, e aveva notato che persino Pop si stava addormentando nella sua poltrona reclinabile Laz-E-Boy. Lui stesso aveva iniziato a chiudere gli occhi e presto era caduto in un sonno profondo e riposante.

"Chi diavolo sei tu? Che diavolo ci fai qui?"

Combo aveva aperto gli occhi e aveva visto la luce del sole che entrava dalle veneziane della finestra che dava sulla strada. In piedi accanto al mangianastri c'era una donna nera di mezza età che lo fissava con cattiveria. Pop si era appena svegliato e, come Combo, stava cercando di orientarsi e di capire cosa stesse succedendo.

"È un amico di una mia amica" era riuscito a dire Pop. "È a posto, è solo venuto a trovarmi."

"Avanti, lo sai che tuo nipote dice che qui dentro non ci dovrebbe stare nessuno! Non dovresti aprire la porta a nessuno di notte!" Aveva affermato e poi si era scagliata contro Combo, " È meglio per te se alzi il culo e te ne vai da questa casa!"

"Va bene." Combo aveva fatto in modo che la gamba robotica lo issasse in posizione eretta, anche se lo sforzo sull'anca era stato tutt'altro che lineare. "Pop, pensi di potermi sistemare prima? Sai com'è..."

"Di cosa stai parlando, di farmaci? È di questo

che si tratta? È meglio se sparisci prima che chiami la polizia." La donna aveva brandito un cellulare.

"Andiamo, Jemima, non sarà necessario" aveva insistito Pop. "Se ne sta solo andando, OK?"

Combo aveva cominciato ad allontanarsi dal divano, e il minuscolo ronzio delle sue articolazioni robotiche divenne udibile, insieme al rumore dello stivale di metallo. Gli occhi dell'operatrice dell'ospizio si allargarono, rotondi come piattini, mentre Combo si dirigeva verso l'uscita.

"Cosa diavolo sei?" Aveva chiesto Jemima con un sussulto.

"Lasciami in pace!" Aveva ululato Combo. Aveva cercato di aprire la porta con la mano destra, e quando non era riuscito ad aprire le serrature il braccio sinistro si era allungato e aveva strappato la porta dai cardini.

Jemima stava componendo freneticamente il 911 e Combo stava allentando il cancello di ferro esterno per farsi strada fuori dall'appartamento nel seminterrato.

Aveva raggiunto il livello della strada barcollando e la gente che camminava lungo il marciapiede era rimasta stupita alla sua vista. Indossava il cappotto verde dell'esercito, con la maglia e l'uniforme, ma aveva tagliato le maniche della t-shirt per poterla infilare attorno al braccio robotico. Aveva anche tagliato il braccio dal cappotto e la gamba dei pantaloni, e indossava solo uno stivale perché non c'era modo di alloggiare il piede robotico che sembrava uno slittino. Di conseguenza muovendosi aveva i vestiti che gli sventolavano intorno e lo facevano sembrare quasi impalato su una struttura robotica. L'espressione di agonia sul suo volto serviva ad invocare una sensazione di orrore che si faceva evidente sui volti di tutti quelli che incrociava.

"Hey, tu, fermo lì!"

Combo aveva sentito il fischio della sirena d'emergenza lungo il marciapiede e si era bloccato immediatamente, certo che fossero lì per lui. Aveva sentito le portiere dell'auto che sbattevano e i poliziotti che arrivavano da entrambi i lati di un'auto parcheggiata. Era East Harlem, e non si facevano scrupoli a estrarre una pistola e puntarla in faccia a un uomo in pieno giorno. Solo il giovane poliziotto biondo in piedi davanti a lui aveva tenuto la mano sul calcio della suo revolver, mentre fissava con stupore quello che aveva davanti.

"Metti le mani sul cofano della macchina e voltati" aveva ordinato.

Combo aveva fatto come gli era stato detto, e le dita del braccio robotico avevano graffiato il cofano, con grande costernazione da parte dei poliziotti. Aveva svuotato le tasche, aveva messo il contenuto sull'auto, e il poliziotto alle sue spalle aveva ispezionato tutto accuratamente.

"Michael Moorehead" aveva letto dalla tessera

tessera sanitaria consumata e dalla WIC. "È qui che stai, sulla Bowery?"

"No, signore."

"Dove alloggi, Michael?"

"In un appartamento sulla centotrentasettesima", aveva risposto con cautela. Sapeva bene che non avrebbe dovuto parlare dello spazio nel seminterrato usato dai dottori. Era ben versato nella legge della giungla, e avrebbe scontato la pena piuttosto che fare la spia.

"Hai fatto irruzione in quell'appartamento seminterrato laggiù?"

"No, signore. Sono andato lì a trovare il signore."

"Come si chiama questo signore?"

"Pop."

"Pop cosa? Qual è il suo vero nome? Dove l'hai conosciuto?"

"Lo conosco solo dal quartiere, tutto qui."

"Dove hai preso quel braccio? La signora che ci ha chiamati ha detto che l'hai usato per rompere la porta. E ci hai appena graffiato il cofano della macchina."

"Agente, mi ha appena messo lei su questa macchina."

"Ora ti portiamo in centrale e ti facciamo un po' domande", aveva detto il poliziotto.

Avevano tentato di mettergli le manette al braccio sinistro, ma non era abbastanza grande per il polso robotico. Invece avevano ammanettato un'estremità al polso destro e l'altra al passante della cintura sul lato sinistro dei pantaloni. Erano certi che se avesse voluto avrebbe potuto liberarsi, ma non avrebbero esitato a sparare a un uomo simile.

Mentre Combo veniva fatto salire in macchina si era radunata una grande folla, e un ragazzo era partito con uno sprint verso la centotrentasettesima strada. Dal brownstone si era sparsa la voce mezz'ora prima, e presto quelli che lo stavano cercando avrebbero saputo dove si trovava.

Era trascorsa meno di un'ora quando l'addetto alla reception era stato avvicinato da un giovane ben vestito ma dall'aria preoccupata, che si era precipitato davanti a lui.

"Mi dica, signore, cosa possiamo fare per lei?" Il poliziotto lo aveva scrutato.

"Poco fa è stato portato qui qualcuno di nome Michael Moorehead", aveva risposto l'altro.

Erano al Centro Correzionale di Centre Street di Manhattan. Adam Rauch si era precipitato dentro un taxi fermo in attesa non appena aveva avuto notizia di dove si trovava Combo. Era tornato quella mattina e aveva scoperto che il laboratorio era caduto nel caos, ma doveva occuparsi prima di tutto delle cose importanti. Riportare Combo al laboratorio era la priorità assoluta. "È un mio paziente. È in cura presso un ricovero e si è allontanato dal suo luogo di residenza. Il custode ha riferito che si è allontanato ieri sera. Ha subito diversi interventi chirurgici ed è stato sottoposto a pesanti cure mediche. Ho bisogno che qualcuno lo rilasci immediatamente alle mie cure. Di cosa è stato accusato?"

"Beh, per ora non ci sono accuse". L'ufficiale aveva battuto dei tasti sulla tastiera per recuperare le informazioni. "A quanto pare, il proprietario della casa in cui è stato fermato non vuole sporgere denuncia."

"Devo riportarlo alla struttura di ricovero, la sua salute potrebbe essere in pericolo. Senta, posso risolvere la questione", aveva insistito Adam. Aveva tirato fuori mille dollari in banconote da cento e li aveva spinti sulla scrivania coprendoli con la mano. "Sono un medico del Bellevue, da qui in poi posso occuparmene io. Può prendere questi e farlo portare qui?"

"Le chiedo scusa?" Aveva domandato l'altro in tono piatto.

"C'è una multa o qualcosa che posso saldare?" Aveva chiesto Adam con cautela.

"Signore, deve togliere quei soldi dalla scrivania, sedersi su quella panca vicino al muro e aspettare che il suo paziente venga portato qui", spiegò severamente l'agente alla scrivania.

Adam aveva fatto come gli era stato detto, ma nel giro di un paio di minuti un poliziotto si era avvicinato e gli aveva chiesto il numero della sua licenza medica. Poi era rimasto seduto teso a girarsi i pollici nervosamente fino a quando, finalmente, non aveva visto Combo farsi strada nell'area di attesa, scortato da un paio di agenti e da un funzionario in borghese.

"Il dottor Adam Rauch?" Aveva chiesto l'uomo in borghese avvicinandosi. "Possiamo scambiare una parola?"

"Agente, quest'uomo è sotto stretto controllo medico e deve essere riportato immediatamente al suo luogo di cura."

"Sono il dottor Nygma della polizia di New York", si era presentato l'uomo dalla pelle nera. 'Solo un paio di domande veloci. Non ho mai visto una procedura come quella che ha subito quest'uomo. È stata eseguita al Bellevue?"

"Dottore, sono sicuro che lei è sa che qui ci sono in mezzo delle questioni HIPAA che non sono autorizzato a discutere. Sono anche sicuro che, a questo punto, lei si sarà reso conto che quest'uomo sta soffrendo molto e ha bisogno di essere riportato alle sue cure ambulatoriali al più presto possibile"

"Voglio solo farle sapere che farò ulteriori indagini presso il Bellevue", aveva sottolineato solennemente Nygma.

"Ha il mio numero di licenza." Adam aveva scrollato le spalle mentre si allontanava per recuperare Combo.

"Doc, sto soffrendo", si era lamentato Combo con un gemito mentre si avvicinava ad Adam con tutti gli occhi della hall puntati su di lui.

"Stupido figlio di puttana, avrei dovuto lasciarti qui", aveva mormorato Adam. "Seguimi fuori di qui. Fuori c'è un taxi che aspetta."

"Mi dispiace, dottore, davvero."

"Hai fatto tutta questa strada da solo, senza nessun aiuto?"

"Sì, signore."

"Va bene, ne parleremo in laboratorio. Andiamo."

"Quindi ci sta dicendo che non aveva idea di cosa potesse fare quest'uomo finché non è uscito dal seminterrato quella notte?"

"Non proprio" cercò di spiegare Noah Birnbaum la mattina dopo, nella stanza degli interrogatori.

Tommy e Orrin lo avevano affrontato con i rapporti di arresto del CCM per vedere la sua reazione. "Tenete presente che le protesi ci sono state presentate come dei dispositivi benefici. La questione della loro capacità di fare danni non era mai stata sollevata. Se anche avessimo appreso che gli arti avevano questa qualità sovrumana, l'avremmo visto come un valore aggiunto per il paziente. Poniamo il caso che fosse caduto da una rampa di scale, o che fosse coinvolto in un incidente. Non avremmo mai messo in dubbio l'aspetto morale, o il possibile uso per scopi illegali."

"Quindi avevate a che fare con paio di

consumatori di crack a East Harlem e il pensiero non vi è mai passato per la testa." Tommy Jackson si stava dondolando sulle gambe posteriori della seria e stava girando i pollici mentre Orrin Rampersad sorseggiava del caffè in un angolo. "Lo vede il mio problema? Vi state presentando come un gruppo di ragazzini al parco, come se aveste queste aureole sopra la testa, ma ho anche una mezza dozzina di persone le cui braccia e gambe sono state amputate da *qualcuno* che vi assomiglia. Ora, voi continuate a buttare tutto addosso al dottor Ciclope, che per essere in grado di fare tutta questa roba da solo deve essere il chirurgo più abile nella storia della medicina. Dite che Adam vi ha mostrato il braccio e il modo in cui funzionava, poi l'ha riconsegnato a Ciclope e questo prima ha fatto l'operazione e poi ha rimesso Combo nelle mani di Adam. Eppure nessuno aveva la benché minima idea di cosa potessero fare questi arti fino a quando Combo non se n'è andato a spasso e non è stato preso dalla polizia di New York."

"È andata come ho detto. Siamo rimasti con Adam solo per via dell'accordo che avevamo." Noah sembrava esasperato. "Abbiamo visto compiere queste svolte incredibili. Gli abbiamo visto sviluppare queste protesi che funzionano grazie alla coordinazione dei nervi... stava facendo questi straordinari trapianti di pelle transgenici. Come potete pensare che avremmo potuto allontanarci da lui?"

"Allora è stato Adam!" Tommy si mise quasi a ridere quando Orrin si scagliò contro Noah, urlando nel suo accento indiano: "Perché sta rischiando tutta la sua carriera? Ci dia la verità al banco dei testimoni e se ne andrà con la fedina penale pulita."

"Non è stato solo Adam, ve l'ho detto e ridetto!" Noah sbatté piano il pugno sul piano del tavolo. "È stato Ciclope! Da dove pensate che venissero quelle protesi? Ciclope deve aver avuto qualche collegamento oltreoceano per procurarsi questi arti robotici. Forse aveva un accordo con Adam. Forse Adam stava facendo gli esperimenti. Non lo so."

"OK." Tommy cominciò a scarabocchiare sul suo taccuino. "Ora, stiamo facendo progressi. Quindi era Adam che stava facendo gli esperimenti con gli arti."

"Non ho *detto* questo!" si lamentò Noah. "Sta travisando le mie parole. Ho detto che non ho mai incontrato Ciclope. Non ho idea di quale fosse l'accordo; posso solo dire che so che esiste. Altrimenti nessuno di noi avrebbe mai potuto ottenere le protesi."

"Consideri questo." Tommy lo fissò. "Ha presente nei film polizieschi quando portano qualcuno in uno scantinato, lo mettono sotto una lampada accecante e gli urlano contro per dodici ore? Possiamo sempre farlo. Se vuole che faccia lo stronzo, *posso* farlo."

"Vi sto dicendo tutto! Non ho motivo di mentire! Ho moglie e figli, ho una famiglia, ho una carriera!

Pensate che avrei rischiato tutto se avessi pensato che quello che stavamo facendo poteva arrivare a questo punto?"

"Non è quello che pensava, Noah. È quello che è successo" disse Tommy accigliato.

"Non so come altro spiegarvelo. Noi abbiamo capito che Combo era stato fuori solo perché la porta aveva bisogno di essere riparata e l'atteggiamento di Patch era cambiato completamente, come se fosse stata rimproverata per qualche motivo. Inoltre, poco dopo il magazzino e la cella frigorifera erano vuoti. A un certo punto abbiamo temuto che per mettere le mani su tutti quei soldi potesse aver ucciso sua madre, ma poi ci ha invitati a farle visita il giorno del Ringraziamento e l'abbiamo trovata di ottimo umore. Dopo di che, si è trattato solo di completare le operazioni su Combo e Patch. Non c'è mai stato un campanello d'allarme da nessuna parte, e se c'è stato, se n'è occupato Adam."

Alla fine, Tommy e Orrin chiamarono la guardia, e si diressero di nuovo verso il parcheggio in un cupo silenzio. Salirono nell'auto di Tommy e uscirono per dirigersi verso il Manitoba.

"Lo sai che posso spezzarlo, quello stronzetto." Tommy si accese una sigaretta.

"Sappiamo anche che questa gente ha soldi." Orrin guardò fuori dal finestrino. "I loro avvocati, in appello, farebbero buttare fuori qualsiasi prova. Tutto il lavoro fatto se ne andrebbe a puttane, insieme alle nostre possibilità di un bonus o di una promozione."

"Maledetta politica." Tommy soffiò un getto di fumo fuori dal finestrino. "Ai tempi di mio padre avrebbero avuto una confessione firmata da tutti e quattro quegli ebrei entro mezz'ora dopo l'arresto. Li avrebbero trascinati giù in cantina e *bing-bang-boom*, caso chiuso."

"Era prima che ci fossero cose come i diritti Miranda?"

"Aah, fanculo quella merda. Stiamo andando alla cieca qui. Lo sai che sono stati loro. Se questi quattro dovessero andarsene a piede libero sarebbe la peggiore parodia della giustizia dopo quella storia di merda di OJ Simpson. Stiamo cercando di battere il tempo e stiamo perdendo."

"Prima o poi qualcuno rinuncerà a Ciclope, me lo sento. Quella storia dei quattro moschettieri crollerà da un momento all'altro. Non perderanno tutto tutti e quattro per proteggere i colpevoli, specialmente Javits. Secondo me è lui quello che è stato tenuto di più all'oscuro e sarà lui a sentirsi preso per il culo."

"Allora, porti Angie sabato sera?"

"Sì, gliene ho già parlato. Manderò David da mia sorella per il fine settimana. Non vede l'ora."

"Maureen sta mandando le ragazze da sua sorella. Sarà bello restare alzati fino a tardi, per una volta."

"Angie non vede l'ora di conoscervi."

"Ottimo." Tommy rallentò nelle vicinanze del Manitoba. "Possiamo farlo con stile prima che Shreve ci appenda per le palle lunedì."

Parcheggiarono la macchina e si diressero verso il locale, sperando che le cose non fossero destinate a essere necessariamente come si stavano profilando.

CAPITOLO SEI

Adam Rauch era stato informato da uno dei suoi uomini che Django Tamsulosin lo stava aspettando in una Cadillac Brougham in fondo alla strada. Aveva aiutato Combo a scendere dal taxi e aveva detto all'autista che lo avrebbe chiamato quando sarebbe stato pronto per andarsene. Aveva il brutto presentimento che non sarebbe riuscito a risolvere la situazione in un tempo breve. Non aveva idea che Django stesse venuto, e ora stava guardando lo scagnozzo che attraversava l'isolato a passo svelto per avvisare il suo boss.

Nel giro di un quarto d'ora, Adam aveva dato a Combo degli antidolorifici ed era stato informato da una Patch molto sommessa che Django aveva mandato un paio dei suoi uomini appena Adam era partito per il CCM. Adam le aveva già fatto una ramanzina, ma lei aveva più paura di quello che le avrebbe detto Django. Quanto a lui, sapeva che le cose stavano per farsi movimentate e credeva fermamente che le crisi portassero sempre con sé le opportunità migliori.

"Allora, immagino che ormai saprai che il vecchio da cui è stato Combo era mio nonno." Django si era acceso una sigaretta e si era seduto sulla poltrona di fronte alla modesta scrivania di Adam, nella salao.

Adam sapeva che c'erano un paio di uomini di Django in giro per il seminterrato, ma non aveva protesta. "No. In realtà non lo sapevo."

"Django, non avevo alcuna intenzione di cercare di fregare Pop", aveva detto Patch, piagnucolando alle loro spalle con le mani giunte come in preghiera. "Ho solo pensato che potesse essere in grado di aiutare Combo, tutto qui..."

"Vedi, non me ne frega un cazzo del perché e del come." Django aveva estratto una Colt 44 automatica dalla sua fondina a spalla e l'aveva puntata verso Patch. "E non ho nessun problema a fare fuori questa puttana dal ventre bianco."

"Questo non è necessario, per favore" aveva detto Adam alzando una mano, mentre Patch cadeva in ginocchio singhiozzando e supplicando per la sua vita.

"Vedi, Doc, io mi affatico per te e questo è quello

che ottengo in cambio." Django finalmente aveva abbassato la pistola e l'aveva rimessa nella fondina. "Ti copro le spalle nel quartiere, e quel tuo negro robot va a casa di mio nonno. Ti ho fatto fare buoni affari con la roba che ti serviva e guarda cosa mi dai in cambio."

"Hai detto che mi avresti procurato altri volontari e che avresti abbassato i prezzi." Adam si era schiarito la gola. "Non riesco ad andare avanti abbastanza velocemente solo con questi due, considerando i progressi che stiamo facendo. Inoltre, la cifra che mi sta costando questa operazione, si sta facendo sentire molto."

"Stai sostenendo soltanto due negri e ti stai lamentando?"

"Mi stai dando anche la penicillina e tutti gli altri prodotti che ho ordinato. Non mi sto lamentando, Django. Sei stato di enorme aiuto qui. Ho solo bisogno di un altro paio di volontari. Inoltre, mi servirebbe cambio di toni sui prezzi. Lo vedo quello che sta succedendo qui. Per completare il processo dobbiamo fare un sacco di operazioni e questo sta riducendo le nostre scorte di antidolorifici. Sono sicuro che ti rendi conto dell'importanza di quello che stiamo facendo. Stiamo facendo cose che non sono state mai tentate in nessun'altra parte del mondo. Qui nel *tuo* territorio, Django."

"OK, Doc" aveva ridacchiato Django, soffiando

un anello di fumo verso il soffitto. "Non c'è bisogno di leccarmi il culo. Sto solo cercando di sopravvivere, come tutti. Finché sono in cima cerco di guadagnare il più possibile. Ti manderò degli altri volontari. Però funziona che tu non mi fai domande e non rifiuti nessuno. Io ti chiamo al cellulare e tu devi essere disposto ad accettare il tuo volontario qui nel tuo laboratorio con un'ora di preavviso. Va bene?"

"Va bene." Adam aveva sospirato lentamente, con il petto stretto e la mente che correva. Se fosse stato costretto a fare il turno di notte al Bellevue sarebbe potuto andare uno degli altri ragazzi. Probabilmente avrebbero scalciato e urlato, ma adesso che era coinvolta anche la polizia, sarebbero stati tutti colpiti dalla necessità di far andare le cose il più lisce possibile da lì in avanti. "Ci siamo capiti. Tu mi chiami e io, se non posso venire subito, farò venire uno dei miei soci. Anche Patch e Combo saranno disponibili. Ci metteremo d'accordo."

"OK, tu ti impegni per me, io mi impegno per te." Django lo aveva fissato negli occhi. "Basta che rifiuti nessuno e li prendi con un'ora di preavviso. Io ti abbasso il costo dei farmaci del venti per cento; ti sembra equo?"

"Assolutamente. Quello che stai facendo per noi è molto apprezzato, lo sai."

Django si era alzato per stringere la mano di Adam prima di andarsene. In qualche modo avevano sentito entrambi che nell'affare era entrato anche il diavolo e si era unito alla stretta di mano.

~

"Quindi, la tua storia è che eri sempre drogato e non sapevi cosa stava succedendo?" domandò Tommy Jackson battendo le dita sulla scrivania. Lui e Orrin Rampersad erano tornati ancora una volta al CCM.

"È la verità. Chiedete a Patch, lei ve lo può dire."

Entrambi i detective si meravigliarono alla vista di Combo, che sembrava meno umano di quanto indicato dai rapporti della polizia. Nel frattempo i medici avevano costruito una spalla artificiale intorno al supporto, rinforzata da una clavicola di titanio. Avevano anche costruito un bacino d'acciaio che faceva da fulcro per l'intero apparato. Sembrava molto più tranquillo di quanto si aspettassero, molto probabilmente era successo dopo la visita degli uomini di Jerome Browne. A quanto pare, Browne aveva sviluppato un'affinità con Combo e avrebbe fatto di tutto per tirarlo fuori dai guai.

"Combo, vorrei solo farti presente una cosa." Tommy si appoggiò alla sua sedia. "Se dovessimo riuscire a convincere qualcuno – e intendo dire *chiunque* – a cambiare la propria storia, tu ti troveresti sullo stesso piano dei dottori. Quel giocatore di basket non potrà fare un cazzo per pararti il culo. Non c'è più tempo, il processo inizia lunedì. O diventi un testimone per noi, o tiri i dadi e speri che nessuno si rivolti contro di te."

"Sentite, agenti, vi ho detto che mi hanno drogato", insistette Combo. "Potete vedere con i vostri occhi cosa mi hanno fatto. Ogni volta che facevano qualcosa di nuovo, dopo finivano per fare quattro volte tanto per aggiustare e sistemare. Dicevano 'questo non ha funzionato', o 'quello deve essere aggiustato', o 'quest'altra cosa qui deve essere rifatta'. Mi hanno salvato la vita, non c'è dubbio, ma come faccio ad andare avanti ora? E se li mettono dentro? Chi sarà in grado di prendersi cura di me?"

In Combo c'era qualcosa che non piaceva affatto ai detective. Era molto più sicuro di sé del personaggio che avevano descritto tutti i sospetti, del relitto distratto nel video della polizia durante l'interrogatorio preliminare. Sospettavano che almeno in parte ciò fosse dovuto alla consapevolezza del fatto che avrebbe potuto prendere il collo di uno o dell'altro e spezzarlo come un ramoscello, anche se l'avrebbero riempito di proiettili non appena avesse cercato di scappare dal CCM. Probabilmente però centrava di più con qualsiasi legame avesse stretto con Jerome Browne. La star dell'NBA aveva dichiarato pubblicamente che Combo gli aveva salvato la vita, anche se probabilmente era stato fatto nella foga del momento. Tuttavia, era altamente improbabile che avrebbe abbandonato Combo allo stesso destino dei dottori, se avesse potuto fare qualcosa per impedirlo.

Sapevano anche che l'avvocato di Browne aveva parlato con l'avvocato di Combo, e che entrambi avevano incontrato Combo stesso. Non c'erano dubbi sul fatto che si sarebbero rivolti al tribunale civile, indipendentemente da come si sarebbe risolto il processo penale. Browne avrebbe citato in giudizio i dottori e avrebbe cercato di strappare loro tutto quello che avevano e anche di più. Qualcuno, da qualche parte, doveva tirare fuori Ciclope; non solo per evitare che i quattro medici passassero la vita in prigione, ma anche per risparmiare loro una vita di servitù, vincolata a Jerome Browne, anche se fossero riusciti a evitare la condanna.

"Quindi vuoi continuare a cercare di scaricare la colpa su Patch." Orrin si avvicinò e si mise di fronte a Combo. Avevano rimosso il braccio sinistro e la gamba destra dalla tuta arancione per accomodare le sue enormi appendici. "Patch ti ha fatto fare questo, Patch ti ha fatto dire quello. Non pensi che sia difficile credere che quella cocainomane possa farti fare qualsiasi cosa?"

"Non state capendo. Quando le attività del laboratorio hanno cominciato a prendere piede lei ha iniziato a fare pressione sui dottori. Specialmente su Adam. Voleva che completassero il lavoro su di lei. Dato che lui era quello che passava più tempo con noi, lei lo assillava sempre. 'Oh, Doc, hai detto che avresti fatto questo' e 'Hai detto che avresti fatto quest'altro'. Sapete come sono le donne. Poi ha iniziato a lasciare intendere che sarebbe andata a chiedere un secondo parere. Lui non gliel'avrebbe mai permesso. Quando lo ha messo con le spalle al muro, Doc ha detto che si sarebbe rivolto al suo contatto e l'ha fatta tacere velocemente. Però si capiva che non si era liberato dal pensiero che lei potesse fare la spia. Lei aveva una certa influenza, ma aveva anche paura che il suo contatto le facesse il culo."

"Non sei disposto ad ammettere che questo contatto era Django Tamsulosin, vero?" Scattò Orrin.

"No, ho sopportato troppo dolore per rimanere vivo e non ho intenzione di buttare tutto nel cesso facendo la spia, su Django o su chiunque altro."

"Considera questo." Tommy strizzò gli occhi. "Se Jerome Browne viene a sapere che hai fatto qualcosa, qualche tipo di favoreggiamento, si scaglierà contro di te come sta facendo contro i dottori, forse anche in modo più serio, perché in questo momento si fida di te. Nel momento in cui crollerà la loro difesa basata sul dottor Ciclope, quelli si aggrapperanno a qualsiasi cosa pur di interrompere la loro caduta. Sono come le quattro gambe di un tavolo; una volta che se ne taglia una, le altre tre crollano."

"Dicci solo secondo te con chi potremmo fare un accordo" lo pungolò Orrin. "Che ne dici di Noah? Era il più giovane, il bambino del parco giochi, il fungo della situazione. Gli davano da mangiare merda e lo tenevano all'oscuro. Non vuole passare il resto della sua vita in prigione. Crede alla storia dei Ciclopi. Tu lasciaci una dichiarazione in cui dici che lo hai aiutato Noah in laboratorio e noi gliela sbattiamo in faccia. Ammetti che li hai aiutati a mettere quel braccio a Jerome Browne e sei libero. Ti faremo avere un accordo di protezione testimoni. Potrai andartene da quel puttanaio che è East Harlem per il resto della tua vita."

"Ve l'hanno detto che le operazioni le ha fatte tutte Ciclope!" esclamò Combo. "È stato lui a tagliare me, a fare la pelle a Patch, e a fare a pezzi Jerome Browne e tutte quelle donne di cui stanno parlando."

"*Quattro* donne, Combo", disse Tommy di scatto. "Hanno trovato *quattro* donne nell'area post-operatoria, o come la vuoi chiamare. Stai cercando di dirmi che non hanno mai fatto rumore, che non ti sei mai insospettito per tutto il cibo e tutte le provviste extra che stavano arrivando, che nessun indizio ti abbia fatto mai pensare che non ci foste solo tu e Patch nel laboratorio?"

"Dovete parlare con lei, OK? Continuo a ripetervelo! Non se ne andava in giro tutta drogata. Li aiutava a fare un sacco di cose. Forse era per quello che aveva influenza su di loro. Forse sospettava qualcosa e ha fatto delle allusioni per convincere il dottor Adam a fare quello che voleva."

"OK, stiamo facendo progressi?" Tommy spostò

lo sguardo avanti e indietro tra Orrin e Combo. "Stai cercando di dirmi qualcosa? Se veniva a darti da mangiare e a pulirti il culo, allora doveva andare ad aiutare anche quelle donne. Hai appena detto che forse era quello il motivo per cui aveva influenza su di lui. Ha mai accennato alla presenza di altre donne? Dai, Combo. Doveva avere qualcosa in mano quella volta, quando lo ha affrontato, quando ti ha fatto pensare che ci fosse qualcosa in più oltre alla quella pelle bianca che le aveva cucito addosso."

"Ho detto che non lo so!"

"Parlami di Patch". Tommy espirò. "Quante operazioni di taglia e cuci ha fatto? Tra le ragazze che abbiamo salvato dalla stanza ce n'erano una nera, due miste e una bianca. Penso che abbia preso degli innesti di pelle da loro per vedere se erano compatibili con la sua pelle di maiale ibridata. Non sarebbe andato avanti con i trapianti di pelle se non avesse fatto abbastanza ricerche per assicurarsi che avrebbe funzionato. Non avrebbe potuto fare tutto quel lavoro in un paio di settimane, Combo. Hai detto che sei uscito dal laboratorio la notte di Halloween. In seguito, quando hai saputo che Patch stava ricevendo le sue rifiniture?"

"Vi ho detto che non avevo modo di tenere il conto del tempo che passava. C'era solo quell'orologio sul muro. Non sapevo niente dei giorni, delle settimane o dei mesi. A meno che qualcuno non diceva qualcosa. Sentite, mi hanno trasformato in un drogato completo. Quando hanno finito di tagliare l'unica cosa di cui avevo coscienza era il dolore che bruciava e pizzicava intorno alle parti robotiche, era come se il mio corpo non le volesse lì. Ed è quello che avevano detto, che il mio corpo stava rigettando quella merda robotica. Mi hanno messo un po' di quella pelle transgenica, ma il problema erano i nervi, le vene, le arterie, eccetera. Quando riprendevo conoscenza a volte veniva a parlarmi il dottor Abe. Era quello specializzato in quella roba."

"OK, allora ci siamo." Tommy sfogliò il quaderno su cui stava scarabocchiando i suoi appunti. Orrin se ne accorse perché era anche coperto di schizzi di cartoni animati e di quelli che sembravano graffiti. "Abe Javits era il chirurgo dei nervi. Deve essere stato lui a fare la chirurgia riparatrice e a sistemare tutte le questioni in sospeso dopo che Adam aveva fatto il taglio. Dico bene?"

"Sentite, voglio il mio avvocato." Combo scosse la testa in preda alla frustrazione. "Non ho detto un cazzo di Adam, e il dottor Abe è l'ultima persona contro cui vorrei dire qualcosa di brutto. È una delle persone più gentili che abbia mai incontrato. Ho detto che mi ha fatto domande su come stavo, ma non so chi ha operato. Ero sotto anestesia. Se volete continuare a cercare di farmi sbarellare, dovete chiamare il mio avvocato."

"Ehi" disse Tommy digrignando i denti. "Lunedì è la Festa dei Lavoratori, il processo inizia martedì prossimo. Oggi è mercoledì, e io sto ancora sbattendo la testa contro il muro per cercare di dare un senso a questa storia. Sono due giorni che sento queste stronzate su un certo Dottor Ciclope che avrebbe fatto di tutto, dal trasformarti in Robot Commando al far diventare Patch quasi bianca, per poi affettare e tagliare a dadini quattro ragazze che nessuno sapeva nemmeno esistessero fino allo scorso weekend e tagliare il braccio di Jerome Browne per trasformarlo nell'Uomo da Cento Milioni di Dollari. Ora, mettiti nelle mie scarpe: non ti sembrano un mucchio di stronzate?"

"Voglio il mio avvocato." Combo grattò con le dita della mano destra un punto immaginario sul piano del tavolo con aria cupa.

"Ascolta, testa di cazzo. Se faccio venire qui il tuo avvocato addio accordo, perché non ti lascerà parlare. Quindi parla ora o taci per sempre. Il procuratore ha le accuse contro te e Patch sotto sigillo. Non farà nessuna mossa fino all'inizio del processo di martedì. Se non riesco a trovare un accordo con te o con Patch, chiederà processi separati per voi due. Questo significa che il verdetto del processo dei medici penderà su di voi come la spada di Damocle. Se verranno giudicati colpevoli, la loro condanna verrà presentata come prova, Jack. Questo lascia a te e agli avvocati di Patch il compito di provare che voi due avete vissuto in quel seminterrato per più di un anno e non avete mai visto Jerome Browne, Geri Lindsay o le quattro ragazze fino al momento in cui è scoppiato il putiferio e vi siete trovati tutti nella merda."

"Nessuno è tanto stupido, Combo!" Orrin si alzò in piedi per troneggiare su di lui, mani poggiate sui fianchi. "Non sai chi era lo spacciatore, non hai mai visto Ciclope, e non hai mai visto le sei persone a cui hanno tagliato le braccia in quella topaia! Svegliati, testa di cazzo, andrai in prigione per il resto della tua vita! Potrai anche avere un asso nella manica di nome Jerome Browne, ma la gente di Geri Lindsay vuole vedervi tutti appesi per le palle! Pensi che ti metteranno dentro Attica con quegli arti completamente funzionanti? Ti manderanno da qualche parte e te li faranno declassare finché non sarai a malapena in grado di grattarti il culo!"

"Non possono togliermi il braccio e la gamba", ribatté Combo. "Sarebbe una punizione crudele e insolita."

"Non ti manderanno in una delle prigioni più violente del mondo con un braccio che potrebbe schiacciare il cranio di un altro prigioniero con un solo colpo", disse Tommy, cercando di farlo ragionare. "Usa il cervello. Ti daranno delle protesi più ragionevoli, ma non ti lasceranno entrare là dentro con un paio di martelli pneumatici attaccati. Non ci avevi pensato, vero?"

"No" ammise. "No, non ci avevo pensato."

"Quelle cazzate sulla punizione crudele e insolita te le ha raccontate il tuo avvocato, vero?" Orrin fece il giro dietro di lui, parlando verso la testa riccioluta curva contro le spalle incredibilmente massicce. "È quello che fanno sempre gli avvocati: ti fanno credere di poter vincere, vincere, vincere, vincere. Ormai dovresti sapere che non gliene frega un cazzo di te. Ti sta solo usando come un altro titolo per il suo portfolio. Sei solo un trampolino di lancio, un punto saliente del suo curriculum. Sa che se il suo accordo non funzionerà si andrà in corte d'appello, ed è probabile che lui non abbia i titoli per continuare una volta lì. Passerà il caso a qualche altro furfante e lui ne uscirà pulito qualsiasi sia il risultato finale."

"Starà pensando che questa sarà una faccenda facile facile da risolvere, da ogni punto di vista, e che difenderti è semplicemente la cosa migliore da fare." Tommy era determinato. "Dopo tutto questo il pubblico lo vedrà come un benefattore dal cuore tenero, che combatte una guerra che non può vincere per un povero sfigato come te. Tenterà ogni trucco del manuale per tirarti fuori, ma sarà tutto fumo e niente arrosto. Tutti sanno che deve perdere, ma tutto ciò che ricorderanno sarà quanto ha combattuto duramente per salvarti il culo. Ti sta usando, proprio come sta cercando di dirti Orrin. Non ha senso chiamarlo, perché io non sarò qui quando si presenterà."

"La situazione è questa qui, campione" insistette Orrin. "Se ci aiuti ora, possiamo farti avere un accordo e convincere il procuratore a patteggiare la libertà vigilata e il programma di protezione testimoni. Il tuo avvocato verrà tagliato fuori dal quadro perché non potrà costringerti a fare altro. Se invece continui a prenderci in giro, il procuratore ti metterà sotto processo singolarmente e ti butterà addosso il risultato del processo dei dottori. Ma dammi una cosa qualsiasi – il nome dello spacciatore, uno dei dottori, persino Patch – e tu cammini libero.”

“Mi state chiedendo di darvi qualcosa che non ho” Combo scosse la testa.

“OK” ringhiò Tommy, alzandosi in piedi mentre Orrin martellava il punto contro la porta di metallo. “Noi ce ne andiamo. Pensa bene a quello che ti ho detto. Hai tempo fino a martedì, quando ti vedrò in tribunale. Se pensi di avere anche una possibilità minima, prova a prendere in mano un giornale, e vedi com’è la situazione.”

Combo fissò la porta fino a quando le guardie tornarono per riportarlo nella sua cella. Non aveva bisogno di un giornale per sapere come stavano le cose.

Ricordò che era trascorsa circa una settimana dalla sua gita fuori dal laboratorio quando il dottor Adam gli aveva comunicato che avrebbe dovuto fare di un altro intervento. Gli aveva detto che avrebbe avuto bisogno di un donatore di sangue, ma che avrebbe trovato la soluzione a breve. Gli aveva spiegato che il suo corpo stava facendo fatica perché le aste del supporto non stavano assorbendo la tensione come si erano aspettati.

"Non avevamo previsto quanto sarebbe stato forte il braccio, e lo stress che avrebbe messo sul tuo corpo" aveva cercato di spiegargli Adam, mentre lui e Combo sedevano nella reception.

Patch si era fatta da parte su richiesta di Adam e si stava occupando dell'angolo cottura installato dal medico.

"Pensavo che il supporto potesse reggere il carico, ma non avevo mai previsto lo sfondamento di una porta d'acciaio."

"Doc, lo giuro su mia madre, non farò mai più niente del genere" aveva detto Combo con fervore. "Non avevo idea di quante seccature sarebbero venute fuori. È solo che stavo soffrendo un casino..."

"E come ti dicevo, posso assicurarti che non succederà mai più niente del genere." Adam si era chinato in avanti, con un'espressione di massima sincerità. "Avrai già capito che all'inizio abbiamo fatto il passo più lungo della gamba. Avevamo un sacco di idee meravigliose, un sacco di sogni, ma non eravamo riusciti ad avere il sostegno di cui avevamo bisogno per realizzarli. Ecco perché siamo venuti qui. Abbiamo condiviso le nostre visioni con te e Patch, e siamo stati in grado di fare miracoli. Però ci mancavano alcuni dei materiali di cui avevamo bisogno, ma ora stiamo finalmente trovando dei sostenitori che stanno dando il loro contributo per le cose di cui abbiamo bisogno per continuare la nostra ricerca. Abbiamo una fornitura completa di medicinali e molto presto dovremmo avere il tuo gruppo sanguigno in magazzino. Sono sicuro che saremo in grado di procedere in un paio di giorni."

"Doc, lo sa che farò tutto quello che mi dirà." Combo lo fissò negli occhi. "Mi ha salvato la vita, su questo non ho dubbi. So che ci sono un sacco di ragazzi con situazioni come la mia che ora sono sotto terra. È solo che quelle operazioni mi lasciano dolori *atroci*. A volte, quando l'effetto delle medicine svanisce, mi sento come se qualcuno mi avesse tagliato, aperto e buttato dentro una borsa di aghi incandescenti."

"È come ti ho detto, Combo" Adam aveva presto un quaderno e aveva aperto una pagina con segnalibro piena di diagrammi medici. "C'erano solo alcune cose che non potevano essere previste. Vedi, avevamo ipotizzato che il braccio robotico e i supporti sarebbero stati sostenuti dal tuo peso corporeo di ottanta chili. Avevamo anche fatto degli aggiustamenti in modo che avrebbero potuto sostenere fino a centotrenta chili di stress in una situazione di emergenza. Non avevamo previsto uno scenario in cui avresti potuto applicare più di duecentoventi chili di pressione su quella porta d'acciaio. Questo ha messo a dura prova la struttura della parte superiore del tuo corpo. Mentre, vedi, con il supporto per le spalle che abbiamo progettato ora..."

"Doc, così sta sovraccaricando quel poco di *cervello* che mi ritrovo» Combo aveva dato un'occhiata al materiale stampato e aveva fatto una smorfia. "Faccia quello che deve fare. Vi prego soltanto di avere le mie medicine a portata di mano, così non le finisco, e di assicurarvi che Patch abbia le sue, così non deve prendere in prestito le mie. Ora non c'è bisogno di tormentarla perché ha rubato la mia scorta. È una donna, e nessuno può aspettarsi che gestisca il dolore come lo gestisce un uomo."

"Non preoccuparti, Combo" Adam aveva chiuso il quaderno e gli aveva dato una pacca sulla coscia sinistra. "Non succederà mai più, te lo garantisco. Ne avrai sempre abbastanza, e abbiamo preso degli accordi per assicurarci che in caso di emergenza ci sarà sempre una consegna speciale disponibile. Ora riposati. Speriamo di riuscire a far partire il tutto entro la prossima settimana."

"Va bene, Doc" Combo si era alzato e gli aveva stretto la mano. "Sarò pronto. Dio la benedica per quello che sta facendo."

Adam gli aveva dato un paio di pillole di ossicodone e poi si era spostavo verso l'angolo cottura per parlare con Patch. Si era fermato più a lungo di quanto Combo si aspettasse, ma alla fine Patch lo aveva accompagnato alle scale e lui si era congedato.

Quando Patch era arrivata le pillole avevano appena cominciato a fare effetto.

"Allora, come va, Iron Man? Hai abbandonato i tuoi amici adesso?" aveva detto Patch, sprezzante.

"Che cosa vuoi dire? Non gli ho detto niente, né che hai preso le mie pillole, né che mi hai convinto a scappare, ad andare da Pop… niente."

"Ah, non hai detto niente di Pop? Allora Django come diavolo ha fatto a infilare il naso nei miei affari?"

"Ti sei bruciata il cervello? Mi hai dato il suo indirizzo e mi hai detto di dirgli che mi mandavi tu. Come diavolo credi che ci abbia rintracciati Django?"

"Non importa. Lascia che ti dica una cosa: non sta sistemando solo te, sta facendo un piano anche per me. Me ne andrò da qui prima che tu te ne accorga. Mi lascerò questo posto alle spalle e mi farò una vita nuova da nuova donna. Sarò così lontano da qui che non sentirai mai più il mio nome!"

"Tu lontano da East Harlem? E Mike Tyson sarà il prossimo presidente nero! Dove diavolo vuoi andartene? I dottori possono anche trasformarti in Beyoncé, ma tu sarai sempre tu. Hai Harlem nel sangue, dove diavolo vuoi andartene?"

"Ora ti mostro una cosa, roba grossa." Patch aveva ondeggiato in modo seducente fino alla poltrona su cui era seduto Combo. Sembrava ancora Whoopi, anche se le avevano sostituito l'intera parte centrale con una pelle da impazzire. Era proprio come aveva detto uno degli uomini di Django, le si poteva mettere un sacchetto sulla testa e divertirsi un mondo. Doc Adam aveva chiesto a Patch di mostrare i suoi risultati a Django e ai suoi uomini per tenerli incollati al gioco, ed erano rimasti molto colpiti. Chiamavano Doc Adam l'Operatore di Miracoli, ma qualunque cosa avessero visto, non poteva essere paragonata a quello che stava vedendo lui.

Patch si era girata di spalle e lentamente aveva fatto uno pseudo-spogliarello. Gli aveva ricordato quelle tipe che si facevano di crack e dovevano prostituirsi per guadagnarsi la loro dose. Si sarebbero spogliate per chiunque pur di riuscire ad averla. Però quando si era tolta la maglietta e i pantaloni della tuta, lo spettacolo che aveva visto era difficile a crederci.

La schiena di Patch, dalle scapole alla cima delle cosce, era perfetta come quella di un nuotatore olimpico scandinavo. La pelle era perfetta, bianca come la neve, e il culo era maturo come una zucca nel giorno del ringraziamento. Se non fosse stato fatto, avrebbe avuto un'erezione come un bastone di granito. Sotto i glutei rosei, le gambe nere e sottili sembravano quasi calze di nylon nere, rendendo la vista ancora più piacevole, da dove era seduto Combo. Lei gli aveva fatto godere la vista, poi si era tirata su la tuta e si era girata verso di lui compiaciuta.

"Allora, credi nei miracoli *adesso*, Uomo di Latta?" gli aveva chiesto con schermo. "Con il tuo culo si esercitano, con il mio si mettono in mostra. Mi faranno anche le braccia e le gambe, qualche ritocco al viso, e sarò una donna nuova. A te, se ti fanno qualcos'altro e ti avvicini a un aeroporto, la polizia ti manda gli elicotteri a farti il culo."

"Tu pensa agli affari tuoi che ai miei ci penso io. Chi se ne ne frega se ti mettono su *Playboy* o in una pubblicità di cibo per cani" aveva esordito Combo, annuendo.

"Tu non sarai altro che un nero da rottamare", lo aveva schernito ancora lei, prima di tornarsene al suo divano letto vicino all'angolo cottura a guardare la piccola TV. "Non ti dimenticare chi è la regina di casa e chi è la cavia, qui intorno. Non sei altro che un topo da laboratorio. Non riempirti la testa di idee, e non credere di poterli convincere a stare dalla tua parte contro di me."

"Sì, certo", aveva risposto Combo borbottando, e un paio di minuti dopo si. era addormentato profondamente.

L'ossicodone, o qualsiasi altro narcotico, ti buttava giù come un pugile nel fiore degli anni e ti bloccava in una mossa per non farti rialzare. Restavi giù finché non ti lasciava andare, e Combo non si era ripreso finché non era stato raggiunto dal rumore della porta dello scantinato.

"Dovete andare tutti laggiù in fondo." Uno degli uomini di Django era corso giù per le scale e aveva ordinato loro di sparire. "Django e il dottore hanno da fare qui. Forza, muovete il culo!"

Patch si era precipitata verso l'angolo cottura ed era rimasta a guardare mentre un altro scagnozzo scendeva e aiutava il suo amico a tirare Combo in piedi. Erano stati lì ad ansimare finché Combo non si era messo in moto e non si era spostato verso il divano letto come un robot da negozio di giocattoli; poi lo avevano aiutato ad abbassarsi per prendere posto. Avevano detto a Patch di sedersi, e si erano messi davanti a lei per bloccarle la vista mentre quattro figure scendevano i gradini e si dirigevano sul retro verso il deposito sigillato, trasportando un oggetto lungo, tutto avvolto.

"Va bene, portatelo qui" avevano sentito dire ad Adam prima che uno degli uomini alzasse il volume del televisore. Poi, prima che la porta si chiudesse alle loro spalle, avevano visto la luce nella stanza sul retro accendersi.

"OK, sai qual è l'accordo" aveva detto Django ad Adam mentre i suoi uomini stavano gettando una sacca per cadaveri sul tavolo medico. "Se questa cosa mi si rivolta contro, sei tu che hai firmato la tua condanna a morte."

"Non c'è bisogno di fare minacce" aveva detto testardamente Adam . "Sai cosa c'è in gioco qui. Il mio collo sta accanto al tuo. Sei sicuro che questo sia un B-positivo?"

"L'ho fatto controllare da un medico prima di

portarlo qui. Come ti dicevo, ormai è quasi andato. Se vuoi prendere quello che ti serve, è meglio che ti dia da fare prima che si spenga del tutto."

"Va bene" aveva risposto Adam, mentre apriva la sacca e controllava i segni vitali di un uomo nero pallido come la morte. "E sei sicuro che non c'è niente che si possa fare per lui?"

"Te l'ho detto, se esce da questo edificio i miei uomini gli pianteranno un proiettile nel cranio. Quel figlio di puttana mi ha derubato, quindi si è scritto da solo la sentenza. Gli ho lasciato solo quello che serviva per portarlo qui, ma è quasi pronto per andarsene, quindi è meglio se fai quello che devi fare."

"Sì, va bene." Adam aveva tirato fuori il suo kit e si era infilato un paio di guanti di gomma. "Da qui in poi me ne occupo io. Dammi qualche giorno prima di portare qualcun altro."

"Al momento non ho nessuno sulla mia lista nera, ma in questo business non si sa mai", aveva detto Django sorridendo, poi aveva dato una pacca sulla spalla ad Adam e si era allontanato con i suoi.

Quando aveva iniziato il suo lavoro, il dottore aveva il cuore che batteva fortissimo. Sapeva che stava superando il punto di non ritorno, ma aveva disperatamente bisogno di quel sangue, di quegli organi e di qualsiasi altra cosa valesse la pena raccogliere. Aveva continuato a ricordare a se stesso che quello era un uomo morto, e se non lo era, lo sarebbe stato presto – e che anche se lui fosse riuscito a salvarlo, sarebbe morto non appena fosse stato visto per strada. Era quello che era, e Adam poteva solo adempiere alla sua parte dell'accordo con Django.

Aveva inserito gli aghi nelle vene di quell'uomo e aveva iniziato a drenargli il sangue per l'operazione del giorno successivo.

CAPITOLO SETTE

"Ehi, sono io."

"Ciao, tesoro. Come va?"

"Non bene. Sono al Manitoba con Orrin. Potrei fare tardi oggi."

"Oh, no. Sai che oggi devo fare le compere di Halloween per Lorraine. Avevo bisogno che andassi a prendere il mio vestito in lavanderia, il vino per sabato sera e qualche altra cosa."

"Halloween? Non siamo nemmeno a metà settembre".

"Sai che alla scuola materna stanno lavorando su quello spettacolo... Nel negozietto dove vendono tutto a un euro adesso si trovano ancora delle cose molto carine."

"Tutto a un euro?" domandò Tommy Jackson con una punta di fastidio. "Viviamo di sussidi pubblici, per caso? Se qualcuno dei ragazzi dovesse vederti lì dentro, non la finirei mai di sentire battute."

"Ma per piacere" lo rimproverò Maureen. "L'altro giorno ho visto la moglie di Dwight Shreve al mercatino dell'usato."

"Che diavolo stavi dando al mercatino dell'usato?"

"Non stavo dando niente, stavo cercando qualcosa."

"Ecco, allora. Dobbiamo parlare."

"Cosa sei, un poliziotto? È un paese libero, sai. Posso andare a fare shopping dove voglio."

"Senti, Mo, mi stai facendo sembrare un fannullone del cazzo."

"Allora, a che ora sarai a casa?"

"Spero verso le sette. Dobbiamo andare a parlare Patch. Questo sarà il nostro ultimo interrogatorio al CCM, a meno che non dovessimo decidere di parlare di nuovo con qualcuno dei medici. Lo sai come vanno le cose. E poi non so se avremo bisogno di un drink."

"No, lascia perdere il drink. Torna a casa e la mamma si prenderà cura di te."

"Tira fuori quel piccolo négligé nero che ti ho regalato e ci farò un pensierino."

"C'è qualcuno lì vicino?"

"Dai, devo andare."

"Ti amo."

"Anch'io."

Tommy uscì dal bagno e raggiunse il tavolo dove Orrin stava finendo il suo drink.

"Sei pronto?"

"Sì, andiamo."

Salutarono l'Incantevole Dick – il proprietario che stava facendo una rara apparizione pomeridiana nel locale – e lui ricambiò il saluto con entusiasmo. Tommy pensava sempre al fatto che se lui o Orrin avessero mai avuto una promozione e avessero avuto a disposizione una carta di credito del dipartimento per i pranzi, l'unico beneficiario sarebbe stato il Manitoba. I due soci salirono sulla macchina di Tommy e tornarono al CCM per l'interrogatorio con Patch.

La guardia la portò dentro e lei prese posto al tavolo dell'interrogatorio di malumore, come se fosse stata portata via nel bel mezzo della sua soap opera preferita. Era più piccola e più brutta di quanto si aspettassero, sembrava quasi qualcuno uscito da un centro di riabilitazione o da una casa di cura, piuttosto che una detenuta con l'accusa di complicità nell'omicidio aggravato. Tommy accettò di rimanere in piedi e Orrin prese posto sulla sedia di metallo di fronte a Patch.

"Sei più scura di quanto mi aspettassi" disse Tommy dal suo angolo, per aprire la sessione.

"Sì, non possono essere tutti liberi, bianchi e ventunenni."

"Allora, dove le hanno messe le toppe? Ho sentito

dire che ti portavi dietro delle belle chiappe bianche."

"Beh, le mie parti intime non sono affari vostri."

"Penso proprio che saranno oggetto di discussione in tribunale. Sono anche abbastanza sicuro che saranno su tutti i giornali. Ho sentito che stai rifiutando il test del DNA per vedere da dove vengono, tutti quei rappezzi."

"Esatto. Sto esercitando i miei diritti costituzionali. Non voglio che nessuno mi si metta a tagliare o spellare niente."

"Quindi anche tu ti sei preparata con questa cosa dei diritti costituzionali, eh?" disse Orrin con schermo. "Combo stava cercando di raccontarci la stessa storiella. Ti dirò la stessa cosa che abbiamo detto a lui. Quei vostri avvocati di alto profilo si sono messi in mezzo solo per i titoli dei giornali. Ti faranno appellare al Quinto e a qualsiasi altra cosa, e quando il procuratore distrettuale ti farà il culo con tutte le prove circostanziali, il tuo avvocato ti darà in pasto agli squali perché non è abilitato a presentare un caso in corte d'appello. Quando avrà finito con te, avrà il suo momento di gloria e cavalcherà verso il tramonto come un cavaliere dall'armatura splendente che difende i deboli e gli indifesi senza una gamba."

"Se avete capito tutto allora perché diavolo siete qui a rompermi le scatole?"

"Perché, hai qualcosa di meglio da fare?" sorrise Tommy.

"Qualcosa di meglio che stare qui a farmi

infastidire da voi?"

"Siamo qui per offrirti un accordo e toglierti dai guai" ringhiò Orrin. "In questo momento ti considerano la principale sospettata per favoreggiamento. Combo sostiene di avere trascorso tutto lo scorso anno sotto oppiacei, e quando la giuria lo vedrà, gli potrebbe anche andare bene. E allora l'intera faccenda cadrà addosso a te. Le due persone che i tuoi colleghi hanno fatto a pezzi sono celebrità nazionali, per non parlare delle altre quattro donne che sono state sfigurate. Ti rinchiuderanno per il resto della tua vita. Entra in squadra con noi e ti tirerò fuori di qui."

"Vi ho già detto che non ho avuto niente a che fare con tutta quella roba. Sono stata assunta come custode in cambio di vitto e alloggio. Voi avete messo a soqquadro il posto, sapete com'era là dentro. Io mi occupavo dell'area esterna, non avevo accesso all'area posteriore dove sono successe tutte quelle cose che dite voi. Non ho visto nessuno, non conosco nessuno. Mi hanno detto che per incastrarmi dovete provare il mio coinvolgimento senza ombra di dubbio, e io di ombra di dubbio ne vedo un sacco."

"Non è adorabile quando la gente di strada impara tutto quello che deve sapere sulla legge?" ridacchiò Tommy, infilandosi le mani in tasca mentre camminava su e giù accanto a lei. "Hanno già trovato le tue impronte e il tuo DNA sull'intera scena del crimine. Abbiamo le tue impronte sugli utensili da cucina, sulle attrezzature mediche, sui mobili, su tutto. Come farà il tuo portavoce a convincere una giuria che non avevi idea che ci fossero altre quattro persone in quel seminterrato oltre a te e a Combo? Non mi interessa se erano in coma farmacologico, dovevano comunque mangiare, bere, pisciare e cagare. Hai vissuto nel ghetto per tutta la vita. Hai mai provato a convincere un padrone di casa che avevi due persone in un appartamento dove in realtà vivevano sei persone?"

"Considera questo, genio. Sai che non c'eravamo solo io, Combo e i medici che andavano e venivano. Ogni volta che entrava qualcuno, io e Combo venivamo mandati in fondo con l'attrezzatura. Sai anche che io e lui eravamo lì prima di tutto per ricevere delle cure. Sai anche che quello di Combo è stato un trattamento intensivo. Come potevamo sapere se lì dentro c'era qualcuno, per qualsiasi motivo? Perché avremmo dovuto andare a ficcare il naso negli affari di qualcun altro e per poi essere sbattuti fuori e perdere le nostre cure? Come diavolo potevamo sapere se là dietro c'era qualcuno in riabilitazione ed in isolamento? Stai parlando di una struttura medica sotterranea a East Harlem. Come facevamo a sapere che non stavano cercando di disintossicare la gente? Come facciamo a sapere che non stavano facendo altre cose a parte gli arti artificiali e gli innesti di pelle?"

"Wow." Orrin scosse la testa. "Questa è bella.

Non credo che ci abbiamo pensato. Tu ci avevi pensato?"

"No, non ci avevo pensato." Tommy si avvicinò alla parete sul fondo e si mise nell'angolo più lontano, alle spalle di Patch. "Quindi adesso i medici stavano portando avanti un centro di riabilitazione. Questa è una novità. Con Django Tamsulosin che entrava e usciva regolarmente, per di più."

"Chi?"

"Guarda, alcune cose forse non verranno fuori in tribunale, ma verranno fuori ad Attica in una notte piovosa, in una cella buia, quando non potrai scappare da nessuna", abbaiò Tommy alle sue spalle. "Questo fine settimana, subito dopo che abbiamo preso la tua banda, ci ha contattato il venticinquesimo distretto. Ci hanno informati sul fatto che Combo era stato portato dentro e che Rauch lo aveva prelevato. Dato che nessuno ha sporto denuncia e che non c'è stato nessun arresto, abbiamo solo il rapporto della pattuglia e la dichiarazione dell'agente che era di turno. Queste informazioni lo collocano nell'appartamento seminterrato di James Luckey la mattina del primo novembre dell'anno scorso. I nostri informatori sulla strada ci dicono che James Luckey è il nonno di Darnell Luckey. E tu sai chi è Darnell Luckey, vero?"

"Non proprio."

"Sì, continua pure a prendermi in giro. I nostri informatori hanno visto Django entrare e uscire dal palazzo dozzine di volte, sin da quell'incidente. Non credo che passasse solo per ricordarvi di lasciare in pace suo nonno. Secondo me faceva affari con i dottori, e *so* che voi sapevate che era lì. Se menti su questo alla sbarra ti inchiodano per falsa testimonianza. Questo ti scredita come testimone. Nemmeno io potrei salvarti dopo."

"Come ho già detto, quando passava certa gente ci facevano andare sul retro. Senti, come mai non avete preso questa gente di cui parli? Se hanno già ammesso di essere stati là sotto, allora non c'è bisogno di starmi addosso."

"Forse stanno friggendo nella loro stessa padella in questo momento", disse Tommy in modo criptico. "Forse li stiamo facendo restare in strada quanto basta per mettere insieme qualche altra prova prima di farli fuori."

"Lo sai che tutte le donne che abbiamo salvato in quella cantina si davano alla prostituzione per il crack" disse Orrin, andando al sodo. "I campioni di DNA che stiamo recuperando dalle varie parti di quella cella frigorifera sono stati identificati come parti del corpo di criminali recidivi. Ho la sensazione che Django in quel seminterrato ci mandasse gente a cui far fare un viaggio di sola andata. Che le consegnasse ai nostri dottori per fargliele smaltire. A quelli ancora vivi venivano prelevati i fluidi e gli organi. Quelli morti venivano fatti a pezzi per recuperare il possibile. Lo sai che sul posto abbiamo trovato dei robot da cucina con tracce di carne umana all'interno? Quei maledetti bastardi stavano dando in pasto carne umana alla gente che tenevano rinchiusa."

"Non ne so niente e non voglio sentirne parlare. Questa è una punizione crudele e insolita, e voglio il mio avvocato presente prima che la cosa sfugga di mano."

"La stessa cosa con cui se n'è uscito Combo poco fa. Sono qui per offrirti un accordo. Se dichiari che Combo sapeva cosa stava succedendo, tu sei libera e noi possiamo aumentare la pressione su Combo. Quando saprà che hai fatto la spia, cederà. Ammetterà che non c'era nessun dottor Ciclope e ci consegnerà Django. Noi mandiamo Tamsulosin e i dottori in prigione, e tu e Combo ne uscirete indenni. Farò in modo che l'ufficio del procuratore mandi qualcuno qui per garantire l'accordo entro un'ora."

"Se non c'era nessun dottor Ciclope, allora come ho fatto ad avere gli innesti di pelle, e come ha fatto Combo a farsi fare il braccio e la gamba? Lo sai che quei dottori sono tutti specialisti; non avevano le conoscenze per fare il tipo di lavoro che dite voi."

"Non dirmi queste cazzate, lo sappiamo tutti che ti ha addestrato Rauch a parlare così-" Orrin si chinò sul tavolo verso di lei. "Se hai gestito l'intero posto per più di un anno e in quel periodo lui ha eseguito diverse operazioni su di te e Combo, devi averlo visto almeno una volta. Non è possibile che tu abbia incontrato tutti e quattro i medici e non abbia mai posato gli occhi su questo tizio. Nessuna giuria sana di mente se la berrà. A fare il lavoro è stato uno dei nostri medici, che poi ha inventato Ciclope come capro espiatorio, e io scommetto su Rauch. Entrambi dite che è stato lui a portare avanti l'intera operazione per conto di tutti, ma non è possibile che gli altri siano semplicemente venuti per installare un sistema meccanico a Combo e cucire una pelle nuova su metà del tuo corpo per poi saltare su un taxi e tornare a lavorare al Bellevue come se niente fosse. Neanche un meccanico potrebbe operare così. Ammetti che è stato Rauch e sei libera. A processo finito esci dalla porta principale."

"Lascia che ti chieda una cosa. Supponiamo che tu riesca a rinchiudere i dottori a vita. Cosa succede a me e a Combo? Chi finirà il lavoro che hanno iniziato? Le mie braccia e le mie gambe sono ancora incasinate. Mi avrebbero sbiancato la pelle della faccia come a Michael Jackson. Mi avrebbero fatto diventare Diana Ross. Che succede dopo, dovrei andare in giro come una macchina dipinta di tre colori per il resto della vita?"

"Sai già che sia il presidente che medici esperti da tutte le parti del mondo si sono messi a disposizione con le vittime. Il lavoro possono finirlo loro. Hanno bisogno di capire meglio la transgenesi. Hanno bisogno di sapere se per vostre operazioni è stata usata pelle di maiale. Ci sono restrizioni mediche contro l'uso di parti di animali che non sono state approvate dalla FDA."

"Rauch ha rischiato la tua vita per condurre quegli esperimenti, ed è quello che erano, esperimenti. Hanno usato te e Combo come cavie" incalzò Tommy. "Tu non devi loro un cazzo. Sono come i tuoi avvocati. Hanno usato te e Combo per autoglorificarsi, per provare le loro teorie. Se uno di voi non fosse sopravvissuto alle operazioni, cosa ti fa pensare che non sareste stati fatti a pezzi e presi come parti di ricambio?"

"Non voglio sentire più queste cazzate, non voglio più parlare con voi. Siete voi quelli che stanno cercando di farmi mentire in tribunale. Di farmi diventare uno spergiuro. Di farmi confessare cose di cui non so nulla."

"Va bene, il rischio lo corri tu." Tommy si diresse verso la porta e Orrin si alzò dal suo posto. "Come ho detto a Combo, avete tempo fino a martedì. Il procuratore ha le accuse contro di voi sotto sigillo. Gioca per noi, testimonia contro i colpevoli e ne esci da donna libera. Se ti lascerai manipolare da questa gente, se continuerai a farti prendere in giro, ti ritroverai in prigione per il resto della tua vita."

"La giuria vedrà cosa mi è successo. Sentiranno la mia versione dei fatti e si renderanno conto chiunque altro avrebbe quello che fatto che ho fatto io. Ho sempre avuto tutti questi problemi di pelle, da tutta la vita. Quei medici hanno reso la mia pelle bellissima, mi hanno dato una seconda possibilità. Nessuno l'avrebbe rifiutata, e non credo proprio che qualcuno vorrebbe mandarmi in prigione a vita per questa cosa."

"E Jerome Browne, e Geri Lindsay, e quelle quattro donne che abbiamo salvato? Che ne è delle loro possibilità? Chi darà loro una seconda possibilità nella vita?"

I detective chiamarono la guardia, e non poterono far altro che sperare che qualcosa scattasse nel cuore e nella mente di Patch prima che fosse troppo tardi.

Dall'espressione sul suo viso, però, ne dubitavano sinceramente.

~

Patch ripensò a quando le era stato finalmente concesso di entrare nell'area posteriore. Era stato proprio intorno al giorno del Ringraziamento, e lei aveva immaginato che i dottori le avrebbero offerto un trattamento festivo. Il dottor Adam non l'avrebbe delusa, ma prima c'era una questione critica da discutere. Per lei quel momento avrebbe anche segnato il punto di non ritorno, quello in cui avrebbe sbirciato dietro la tenda e avrebbe visto il segreto del funzionamento della macchina.

"Sono sicuro che vi siete fatti delle domande sui numerosi cambiamenti che abbiamo fatto qui intorno." Adam si era guardato intorno, prima verso la cella frigorifera sulla sinistra, poi verso la stanza più piccola al centro e infine verso la grande stanza sulla destra. Le stanze erano ancora tutte chiuse a chiave. La stanza stretta in cui si trovavano aveva un assortimento di attrezzature da laboratorio ordinatamente disposte sugli scaffali e sui carrelli tutto intorno. Accanto alla porta della stanza centrale c'era una cassaforte di metallo, dove sapeva che venivano conservati i farmaci. Proprio accanto all'entrata c'era un tavolo medico d'acciaio con delle cinghie attaccate.

"Di sicuro non sembra per niente il posto con cui hai iniziato." Patch considerò tutto il lavoro che era stato fatto con ammirazione. Nelle ultime settimane aveva visto i falegnami che entravano e uscivano. La maggior parte li aveva riconosciuti dal quartiere. Senza dubbio, Django si era buttato in questo progetto con entrambi i piedi, mettendoci la sua influenza e le sue risorse.

"Sei parte di una grande impresa qui, Patch, una che cambierà la vita di milioni di persone in tutto il mondo."

Adam era vestito di tutto punto. Patch era sempre rimasta colpita da quanto vestisse bene quell'uomo bianco, con il suo abito firmato blu notte da cinquecento dollari, mentre lei di solito alternava tra la divisa verde da laboratorio e la tuta nera che indossava quel giorno. Alcune cose non cambiavano mai.

"Spero che un giorno, presto, potremo rivelare al mondo i miracoli che abbiamo fatto qui. Un giorno, potremo condividere con i portatori di handicap di tutto il paese i segreti di quello che abbiamo fatto con Combo, di come non solo gli abbiamo salvato la vita, ma lo abbiamo anche trasformato in un essere potente, capace di cose ben oltre la sua immaginazione."

"Sì, dottore, ci sono un sacco di persone proprio qui ad Harlem a cui potrebbe fare comodo un po' di quello che ha avuto lui."

"Tu stessa sarai fonte di meraviglia a livello nazionale, mia cara." Adam l'aveva guardata negli occhi e l'aveva fatta arrossire. "Gli interventi che abbiamo eseguito con la pelle transgenica porteranno speranza e trasformeranno la vita di centinaia di migliaia di persone. Le vittime di ustioni, i malati di cancro e di coloro che soffrono delle innumerevoli malattie della pelle... tutti trarranno beneficio dalle meraviglie che abbiamo creato qui. Ti ci vedi, un giorno, su *Good Morning America*?"

"È uno dei miei spettacoli preferiti" aveva detto lei. "Sarebbe meraviglioso."

"Bene." Adam aveva estratto un paio di chiavi dalla tasca della giacca e gliele aveva date. "Queste sono per la porta d'ingresso e per questo armadietto. I nostri farmaci da prescrizione sono nella cassaforte. La combinazione della cassaforte è su quel cartellino. Non voglio che tu dica a Combo che hai la chiave o la combinazione. Sarebbe molto meglio se non gli parlassi mai della cassaforte. Non devi mai farlo entrare in questa stanza. Ne parlerò io con lui, in modo che non ci siano malintesi."

"Non credo che darà problemi" gli aveva assicurato lei. "Di solito una volta che gli ho dato le sue medicine sta bene. Sai, non ha mai avuto un posto dove guardare la TV. Nessuno di noi l'ha mai avuto. Di solito quando ho finito le mie faccende ci sediamo a guardare programmi vari. E poi parla sempre di quanto sia fortunato ad essere vivo. Dice che il dolore gli ricorda che è ancora vivo, ed è grato di poter sentire ancora cose. So che a volte soffre molto, ma gli dico sempre che il dottor Adam gli guarda sempre le spalle."

"Ben fatto, Patch" Adam aveva sorriso dolcemente. "Ho un'altra cosa da mostrarti, dietro quella porta centrale. Ora, voglio che tu tenga presente che il nostro amico Django ha fatto un investimento serio nel nostro progetto, e che è coinvolto in quest'impresa quanto noi tutti. Se qualcosa, qualsiasi cosa di questo progetto dovesse essere resa pubblica prima del tempo, saremmo tutti in pericolo. Voglio che sia chiaro che Django si è fatto garante di questa operazione; sarebbe lui ad affrontare qualsiasi minaccia e abbattere chiunque cercasse di fare una mossa contro di lui sulla strada. Lo capisci questo, Patch?"

"Sì, dottore, capisco bene" aveva risposto lei.

"Eccellente" aveva annuito lui, soddisfatto. Aveva estratto un altro mazzo di chiavi dalla tasca e aveva aperto la porta centrale, era entrato e aveva acceso una luce fluorescente. Le aveva fatto un cenno e si era fatto da parte per permetterle di osservare la stanza.

Quando vide la figura legata al tavolo all'interno le era corso un brivido lungo la schiena. Una donna giaceva priva di sensi, con delle bende sugli occhi. Aveva i polsi fissati sui lati del tavolo, e una gamba legata. Sul lato sinistro della fronte c'era una grossa cicatrice. Sembrava avere una pelle mista, color miele, e una figura avvenente avvolta in un camice medico.

"Questa è una delle clienti di Django. Il suo nome non è importante. L'ha fatto arrabbiare una volta di troppo ed era destinata a morire. Tu hai passato tutta la vita sulle strade di Harlem, sai come vanno le cose. Questa era una situazione molto complicata, e i problemi da affrontare erano tanti. Qui al laboratorio avevamo bisogno di diverse cose... disperatamente necessarie per continuare sia le tue procedure che quelle di Combo. Per farla breve, siamo stati costretti a farle una lobotomia per limitare la sua memoria a lungo termine. È servita a recidere le sue connessioni immediate con Django, per così dire, e a renderle più accettabile la sua nuova situazione. Abbiamo anche dovuto rimuovere la gamba destra. Speriamo di essere in grado di prelevare la pelle e possibilmente usarla per un innesto sulle tue gambe. Se dovesse funzionare, saremo in grado di sviluppare una forma più ibrida del prodotto transgenico, una che la comunità medica potrà trovare più accettabile."

"Mi darai la sua pelle? Almeno le hai chiesto se è d'accordo?"

"Andiamo, Patch" Adam l'aveva accompagnata fuori dalla stanza, aveva spento la luce e aveva richiuso la porta. "Ha rinunciato alla gamba, non c'era modo di fargliela tenere. La pelle era lì e noi avremmo potuto usarla o disfarcene. Mi sono già preparato per iniziare la nuova procedura. Il tuo prossimo trapianto dovrebbe iniziare entro una settimana."

"Ti chiedo un favore soltanto, dottore" aveva detto Patch abbassando gli occhi.

"Certo, dimmi tutto."

"Non dirmi mai da dove prendi la pelle. Non voglio andare in giro per il resto della mia vita a sentirmi in colpa per la sua provenienza."

"Te lo prometto. E voglio anche dirti quanto ti ammiro per questo sentimento."

Adam aveva lasciato la stanza poco dopo e si era allontanato dalla struttura. Aveva lasciato Patch piena di domande, e con la consapevolezza che ora custodiva di segreti che non avrebbe mai sognato di avere. Inoltre, se mai ne avesse parlato con qualcuno...

...chi mai avrebbe potuto crederle?

CAPITOLO OTTO

Il giorno dopo, di mattina, Tommy Jackson e Orrin Rampersad saltarono sulla superstrada Brooklyn-Queens e imboccarono la I-495 diretti a Southampton, sulla parte più a est di Long Island. Avevano preso appuntamento per un colloquio con Geri Lindsay, la top model che era fuggita dal seminterrato di East Harlem meno di due settimane prima e aveva denunciato il suo rapimento alla polizia di New York. Nel frattempo era stata operata al Johns Hopkins Hospital di Baltimora, dove i chirurghi le avevano applicato un arto bionico inviato negli Stati Uniti da Berlino, in Germania, dove era stata sviluppata la gamba robotica. L'operazione era stata considerata un successo, ma gli ingegneri tedeschi le avevano promesso che avrebbero implementato i progressi dei "Camici bianchi pazzi di Harlem" e avrebbero aggiornato il suo prototipo nel prossimo futuro.

Geri era nata e cresciuta ad Harlem. Era di origine olandese e keniota, alta un metro e cinquantacinque per sessanta chili e aveva una splendida figura a clessidra. Aveva una pelle color miele, capelli biondo scuro e tratti di etnia mista che a molti ricordavano Lisa Marie Presley. Gli investigatori giunsero nella sua abitazione sita in una zona esclusiva di Water Mill sulla Montauk Highway, non lontano da Mill Pond. Furono accolti da una guardia di sicurezza che andò loro incontro sul cancello d'ingresso e contattò la sua squadra via radio per avvisare del loro arrivo. I due parcheggiarono l'auto nel lotto fuori dal complesso di garage e furono condotti a bordo di una golf car oltre la spiaggia e le cascate in miniatura, vicino alla piscinetta dove li attendeva Geri.

"Onesto. Se dovessi riuscire a superare i cancelli del Paradiso, non credo che ci troverei niente di meglio" disse Tommy sorridendo dopo aver fatto le presentazioni. Poi accompagnarono Geri al bar esterno, vicino alla piscina di quella villa da sei milioni di dollari.

Quando Geri era tornata a casa in seguito all'incidente la sicurezza intorno alla proprietà era diventata molto stretta. Due guardie con un cane sedevano ad un tavolo di fronte alla piscina mentre lei versava loro da bere.

"È tutto a posto qui" disse lei arricciando il naso.

Su Internet si diceva che non avesse mai perso il suo fascino da ragazzina, anche dopo essere diventato un nome importante nell'industria della moda. La fama non l'aveva cambiata molto, e quella potrebbe essere stata la sua rovina. Aveva ancora un debole per le caramelle per il naso e la cosa l'aveva spinta a tornare nel ghetto, dove era caduta nella rete dei Camici bianchi pazzi.

"Sto cercando di tornare alla normalità. La mia gamba non è buona come quella di quel ragazzo, Combo, ma mi dicono che la situazione migliorerà."

Erano seduti sugli sgabelli del bar a sorseggiare margarita, e i due si meravigliavano di vederle fare una mossa da Rockette con l'arto attaccato chirurgicamente. Le avevano installato una piccola tastiera sul fianco, e quella le permetteva di controllare la gamba. Purtroppo non le mancava il tempo per stare seduta a esercitarsi a digitare comandi. Si complimentarono con lei per i suoi progressi e il suo spirito, e lei li ringraziò, anche se nei suoi occhi c'era qualcosa che li avrebbe perseguitati a lungo. Era uno sguardo pieno di un dolore inconsolabile e unico nel suo genere.

"Stiamo ancora cercando di portarlo dalla nostra parte quel ragazzo, Combo" ammise Orrin con un'aria cupa. "Abbiamo offerto degli accordi sia a lui che a Patch, ma finora non hanno abboccato. Ora, abbiamo rivisto le registrazioni dei tuoi interrogatori un paio di volte, ma volevamo incontrarti per capire se riesci a ricordare qualcosa che potremmo usare per fare leva su quei due. Il procuratore non vuole giocare le sue carte prima dell'inizio del processo, ma se non riusciamo a farli parlare non avrà molto più di quello che abbiamo ora."

"Hai detto che quando sei stata rapita ti trovavi nel quartiere perché eri andata a trovare vecchi amici." Tommy la guardò in faccia. "Non voglio mettere il coltello nella piaga, ma tutto questo affare ha Django Tamsulosin scritto sopra a caratteri cubitali. Abbiamo un rapporto della polizia dell'anno scorso che aggancia Django e Combo per via di un incidente su cui abbiamo indagato. Abbiamo informatori che hanno confermato di aver visto Django sulla centotrentasettesima strada e al seminterrato più di qualche volta nel corso dell'anno. Tutti sanno che quello è il territorio di Django. Non si spiega come Django potrebbe non passare a salutarti quando sa che sei in giro nel quartiere."

'Mi dispiace, ma ho già detto alla polizia che non ho mai visto Django quella notte, e che non ho nessun legame personale con lui" rispose seccamente. "Spero non siate venuti fin qui solo per cercare di farmi cambiare la mia storia."

"No, no, sto solo pensando ad alta voce" disse Tommy alzando la mano, per poi produrre un pacchetto di Camel. "Ti dà fastidio se fumo?"

"Niente affatto" disse lei sorridendo solare e

mostrando il suo pacchetto di Newports. "Ha da accendere?"

"Quindi, per quanto ne sappiamo, le vittime sono state tutte rapite a un mese di distanza l'una dall'altra" sottolineò Orrin dopo aver ottenuto il permesso di Geri di attivare il suo registratore. "Sei stata fortunata, sei stata l'ultima ad essere presa".

"Fortunata? E questa la chiami *fortuna*?"

"Forse dovremmo tornare a Manhattan e ricominciare da capo" disse Tommy scuotendo la testa.

"No, OK, va bene così." Fece un tiro profondo dalla sigaretta. "Sto ancora... mettendo insieme i pezzi... cercando di riprendere da dove ho lasciato."

"Capiamo benissimo, e ti ringraziamo per averci fatto venire qui" rispose Tommy. "Non ti avremmo disturbato se non fosse che tutto quel trauma potrebbe aver fatto sì che gli agenti trascurassero qualcosa di potenzialmente utile."

"Quindi, tu dici che è stata Patch a darti quell'apertura, quel momento di chiarezza che ti ha aiutato a scappare, quando si è dimenticata di darti la tua dose" disse Orrin guardando gli appunti sul suo blocchetto legale.

"No, non ho detto che è stata Patch" disse lei pazientemente. "Poteva essere stata lei, ma non posso dirlo con certezza. L'ho vista lì quando è iniziato a succedere tutto, ma mi avevano dato talmente tante droghe che fino a quel momento non mi ero nemmeno accorta che mi avessero tolto la gamba. Mi sentivo come quando stai facendo un sogno e sogni di esserti svegliato, ma stai ancora dormendo. Vedevo tutto attraverso una nebbia, e all'inizio pensavo che la mia gamba fosse addormentata o che mi avessero fatto un'iniezione. Quando mi sono resa conto che la gamba non c'era più, sono entrata in uno stato di negazione che mi ha spinta a uscire da lì. Sentivo tutti i rumori e sapevo di non essere in un ospedale. Qualcosa dentro di me mi diceva che la mia vita dipendeva dall'uscire da lì. Mi ricordo di essere caduta, poi ho iniziato a trascinarmi verso la porta. Ci sono riuscita, ho visto le scale, e in qualche modo ho strisciato su per i gradini mentre là dentro succedeva tutta quella roba."

"Sei arrivata sulla strada e la gente là fuori ha chiamato la polizia" disse Tommy con aria pensierosa. "Tornando a quando sei stata rapita, hai detto che era il compleanno di un'amica e che voi tre eravate fuori in città, insieme alla tua guardia del corpo. Da allora tutte e tre le persone che erano con te in quel momento sono sparite. Le tue amiche hanno lasciato la città e la tua guardia del corpo ha preso e se n'è andata. L'opinione generale al distretto è che Django abbia avuto qualcosa a che fare con questo."

"Ehi, io sono cresciuta ad Harlem e so che Django non è Frank Lucas" sottolineò Geri. "So che molte persone vogliono vederlo affondare, ma non ho intenzione di vederlo bruciare perché ho detto qualcosa di cui non sono sicura. Come ho già detto, per quanto ne so, lui non ha niente a che fare con tutta questa storia. Forse le mie amiche e Lefty hanno lasciato la città a causa per via della pubblicità negativa. Lo sapete che i tabloid stavano venendo fuori con queste storie in cui dicevano che erano stati loro a incastrarmi. Non sarebbero da biasimare se avessero lasciato la città con quella roba sugli stand di ogni supermercato di New York."

"Hai assolutamente ragione", scrollò le spalle Orrin. "Ora, tutti e tre hanno detto che sei andata ad Harlem verso le tre del mattino dopo aver lasciato un club. Tutti hanno ammesso che sei andata lì per vedere se riuscivi a trovare qualcosa da fumare. Avete riconosciuto alcune persone che conoscevate tutti quanti e tu sei scesa per salutarle. Lefty è rimasto in auto su tua richiesta perché eravate vicino a un idrante e non volevi che arrivassero i poliziotti e ti facessero una multa. Tu e le tue amiche avete iniziato a mescolarvi alla folla e all'improvviso siete scomparse."

"Come ho già detto, penso che mi abbiano dato del Rohypnol o qualcosa del genere, perché mi sono spenta di botto. Dopo di che ho continuato a svegliarmi e perdere conoscenza per quello che dopo mi hanno detto esser stato più di un mese. So che avevo dei tubi nelle braccia, che mi avevano collegato a dei cateteri e che per lo più mi davano da mangiare con una cannuccia. Ogni tanto mi davano hamburger e patatine, ma ero talmente fatta che non saprei dire se stavo sognando o no. Mi hanno detto che mentre ero via ho perso dieci chili, e non è che avessi molto da perdere, tanto per cominciare."

"Immagino che tu abbia letto le storie che raccontano della costruzione di una specie di cyborg laggiù", disse Tommy.

"Pensavo che fosse solo altra roba da tabloid, ma i poliziotti mi hanno chiesto se ho visto qualcosa del genere. Come ho già detto, ero troppo fuori. Vi siete mai ubriacati sul serie, del tipo che vai in bagno e pisci sul pavimento? Pensate a quello e moltiplicatelo per due."

"Ho fatto visite ad amici appena usciti da un'operazione, ho presente com'è", annuì Orrin. "Mi chiedevo, a proposito di quello che hai detto, che ti stavano dando da mangiare hamburger e patatine. Non hai notato niente in quei momenti? Tipo, indossavano i guanti, ti mettevano il cibo in bocca, ti aiutavano a metterci sopra dei condimenti, o cose del genere?"

"No, vi ho detto che non riesco a ricordare tutto. È come ho detto, era come un sogno. Avete presente quanto è difficile ricordare i sogni, anche mezz'ora dopo che ti sei svegliato?"

"Però sapevi che erano hamburger e patatine, e non hot dog. Dopo essere stata nutrita per tutto quel tempo di soli liquidi, la cosa deve aver avuto come minimo un impatto sulle tue papille gustative" provò a sondare Orrin. "Proviamo così. Ti ricordi com'era fermarsi da Mickey D's per il drive-through quando non avevi gli autisti? È una rottura di palle. Le patatine cadono dalla confezione, la salsa sgocciola, roba di questo tipo. Che cosa facevano, lasciavano che quella merda ti colasse addosso? Quelli sotto processo sono chirurghi professionisti. Sarebbero andati fuori di testa se Patch avesse lasciato che quella roba ti gocciolasse addosso dappertutto."

"No, è stata molto professionale" ribadì Geri. "Lei..."

"Che cosa ha fatto?" chiese Tommy, guardandola intensamente. "Aveva un tovagliolo? Ti teneva un piatto sotto il mento? Ti ha mai parlato, sai, ha cercato di incoraggiarti?"

"Ehi, signori" Geri si arrabbiò improvvisamente. "Non mi piace fare la stronza, ma ho troppe cose a cui pensare per fare questi giochi di parole. Mi dispiace che siate dovuti venire fino a qui per niente, ma non posso aiutarvi a trovare quello che state cercando."

"Patch" continuò Tommy, che non voleva arrendersi. "Perché stai cercando di proteggere Patch? Se ha cercato di aiutarti e tu sei in grado di confermarlo, potrebbe essere abbastanza per convincerla a fare da testimone per lo Stato. Potrebbe identificare il medico responsabile della tua mutilazione."

"Scusate, signori" Lindsay premette dei tasti sul suo fianco e si alzò dallo sgabello, poi fece segno alle sue guardie, e queste si fecero doverosamente strada intorno alla piscina.

"Siamo noi a doverci scusare per averti fatto perdere tempo" grugnì Orrin mentre anche loro si alzavano dai loro sgabelli.

I detective seguirono la guardia con il cane mentre l'altro chiuse la fisa.

"Ehi, agenti", chiamò Geri appena prima che se ne andassero.

"Sì?" rispose Tommy mentre le guardie si fermavano.

"Sapete come funziona la vita di una modella. Ingrassi, fai un figlio, hai un incidente ed è tutto finito. Lo sappiamo tutti. Jerome Browne aveva tutta la sua carriera davanti a sé. Il suo desiderio di vendetta è ancora più grande del mio. Pensate cosa succederebbe se qualcuno facesse un accordo per far uscire uno dei medici su cauzione e se questo lasciasse il paese. Dovreste capire che nessuno dirà una parola su niente fino a quando non inizierà il processo – se ci *sarà* un processo."

"Anche questo è vero" rispose Tommy mentre si salutavano.

I detective tornarono al loro veicolo di malumore, seguiti con riluttanza dalle guardie che ovviamente non volevano problemi. Sapevano entrambi che quei poveri fessi stavano solo facendo il loro lavoro e scelsero di non fare la voce grossa. Tommy guidò l'auto fuori dal cancello e presto furono di nuovo sulla superstrada. All'improvviso scattò e cominciò a cercare a tentoni il suo cellulare.

"Hai dimenticato di chiamare Maureen?"

"No, merda, mi è appena venuta in mente una cosa. Devo controllare con Ty Willard."

"Che cosa? Pensi che i dottori stiano pianificando una fuga?"

"Pronto, Ty?"

"Sono io." Dato che avevano tutti i finestrini alzati, Orrin poteva sentire la voce dell'altro uomo al cellulare.

"Sono Jackson. Stiamo tornando in città; ci siamo appena fatti mettere i bastoni tra le ruote da Geri Lindsay. Per piacere, puoi contattare il procuratore distrettuale e dirgli di assicurarsi che nessuno faccia accordi di sottobanco per far uscire i dottori su cauzione? Inoltre, dovresti assicurarti che rimangano in isolamento e che non vengano mischiati ad altra gente. Ho la sensazione che Jerome Browne stia progettando qualcosa per tenerli al CCM, in un modo o nell'altro."

"Il direttore e io siamo abbiamo più paura che sia Django a fare qualche mossa contro di loro" rispose Willard. "Quei quattro non andranno da nessuna parte, puoi starne certo. Non ti ricordi che il presidente in questo caso è stato citato anche il

Presidente? Non avranno mai la cauzione, e non permetteremo a nessuno di avvicinarsi a loro."

"Bene. Noi passeremo tra un paio d'ore."

"Pensi che Browne abbia messo una taglia sulle loro teste?" grugnì Orrin, leggermente irritato per il fatto che Tommy avesse fatto quella telefonata senza chiedere la sua opinione.

"L'hai fatta incartare, ci ha praticamente detto che sapeva che Patch si stava prendendo cura di lei" insistette Tommy. "Sa dove sono le sue amiche e sa dov'è la sua guardia del corpo. Ci sono dentro tutti quanti fino al collo. Nessuno sta dicendo niente perché non vogliono che i dottori vadano da nessuna parte. Hai sentito quando ha detto "se" ci sarà un processo. Se qualcuno di quei quattro dovesse riuscire in qualche modo a uscire su cauzione, verrebbe ucciso prima ancora di arrivare a meno di un miglio da un aeroporto."

"Pensi che Jerome Browne voglia vendicarsi fino a quel punto?"

"L'hai sentita, Rampersad. Gli hanno tolto la sua carriera, la sua vita. Quel ragazzo deve avere a disposizione una fortuna, dovrebbe avercela anche se non dovesse giocare mai più in tutta la sua vita. Pensi che non investirebbe soldi seri nella sua vendetta? Inoltre, supponiamo che Ty e il direttore abbiano ragione sulla loro scommessa su Django. Deve essere seduto sui carboni ardenti in questo momento. È stato in cima alla montagna troppo a lungo. La Narcotici vuole vedere facce nuove sul campo, e lui lo sa. Se Patch o Combo dovessero mollarlo, lo metteranno via per molto, molto tempo. Non importa come andrà a finire, nessuno giocherà per noi. Ci resta solo Browne. Domani andremo a trovarlo e scopriremo se ha intenzione di fare una mossa."

"Per me va bene. In ogni caso, avremo il fine settimana della Festa dei Lavoratori per pensarci su."

"Come tutti loro, del resto."

Una volta che i detective se ne furono andati, Geri Lindsay ingoiò due pastiglie di ossicodone e raggiunse la sdraio a bordo piscina dove avrebbe fissato il cielo soleggiato fino a quando non si sarebbe addormentata, come era solita fare. In quel frangente, prima che le droghe facessero effetto, avrebbe rivissuto l'orrore del suo rapimento, fantasticato sulle sue opzioni e pensato seriamente a quello che avrebbe fatto.

Ripensando per la millesima volta a quello che era successo, si rese conto che l'intera faccenda si era trasformata in uno scontro di ego tra lei e Django Tamsulosin. Lei finiva sempre con il ritornare in quel quartiere come una falena alla fiamma, incapace di mettere un argine davanti ai ricordi e alle insicurezze che tormentavano i suoi sogni. Lui era l'ultima figura di autorità nei confini sempre più larghi del suo mondo a cui doveva ancora calpestare i piedi. Quando finalmente era arrivata a farlo, le conseguenze erano state quelle in cui si trovava.

Era iniziato tutto per via della paranoia che derivava dall'industria della moda stessa. All'interno dei camerini ognuno sapeva che lo spettacolo successivo sarebbe potuto essere il suo canto del cigno. Geri leggeva online e sui tabloid che le sue tette erano troppo grandi, che i suoi occhi erano troppo piccoli e rotondi, che i suoi lunghi capelli biondi non sarebbero stati in grado di sopportare i costanti trattamenti, e qualsiasi altra cosa riuscissero a tirare fuori, pur di buttarla giù. L'unico modo per ricaricare le batterie e riacquistare fiducia in sé era tornare a East Harlem e crogiolarsi nell'adulazione dei suoi vecchi amici. Nel bel mezzo della notte, dopo la chiusura dei club, faceva un'apparizione sul bordo della strada e faceva radunare tutti intorno alla sua limousine o alla sua costosissima auto di lusso per una festa improvvisata. La gente di strada la venerava come una dea, e i suoi amici venivano svegliati dalla confusione e si riunivano per rendere omaggio alla divinità che tornava a casa.

Una sera il caso volle che la Cadillac Brougham di Django fosse parcheggiata proprio in fondo all'isolato dove lei era appena arrivata. Django stava facendo una telefonata di lavoro e stava facendo fatica a risolvere una situazione con un rivenditore di medio livello che non stava facendo entrare abbastanza denaro. Era di cattivo umore quando si era accorto che Geri e il suo entourage erano lì per strada. Aveva sentito dire che la modella aveva fatto delle apparizioni notturne nel quartiere, negli ultimi tempi, e aveva pensato che fare due chiacchiere con lei avrebbe potuto alleggerire il suo umore.

"Ehi, guarda un po' se non è Geri Lindsay in persona." Django si era avvicinato a Geri e a una dozzina di ammiratori circondato da quattro dei suoi uomini. Lei era arrivata in limousine e aveva distribuito delle bottiglie dal suo minibar, e tutti erano un po' brilli. "In abito da sera e a spasso per la città. Amica mia, non sai come mi fa piacere vedere che una delle nostre ragazze finalmente ha sfondato. Vieni qui e dammi un abbraccio."

Quando tornavi in quel quartiere, uno dei problemi era che, anche se tu eri andato avanti e ti eri evoluto, il quartiere era rimasto lo stesso. Un altro problema era che Django aveva iniziato a gestire il giro della prostituzione come una delle attività collaterali lucrative che venivano con il territorio. Quando c'era una disputa territoriale e Django ordinava di far fuori un pimp, le sue donne di strada erano lì a disposizione e finivano per lavorare per Django. Era così abituato ad avere a che fare con le puttane che a volte non si regolava con quello che stava facendo. Di conseguenza l'abbraccio che aveva dato a Geri era stato abbastanza stretto da spremere i suoi meloni lussuriosi contro il suo petto, e aveva anche afferrato una porzione abbondante dei suoi glutei attraverso il suo abito da sera di seta.

"Ehi, datti una calmata, giù le mani dalla merce."
Geri non era riuscita a mascherare la sua irritazione.

"Andiamo, dolcezza, non fare la diva con me"
aveva sorriso Django mentre si spostava per versare
un altro drink da una bottiglia di champagne vicina.
"Io mi ricordo di quando andavi alle elementari da
queste parti. Avevi i capelli che sembravano feltro,
tette che sembravano pancake, gli occhietti verdi, le
labbra grandi e rosse, le braccia magre e le gambe
lunghe. Tua madre faceva del suo meglio, ma non
poteva evitare che andassi in giro che sembravi una
bambola di pezza."

Gli occhi di Geri stavano bruciando per la rabbia
e i suoi uomini avevano cominciato a ridacchiare e a
fare smorfie senza rendersi conto che il loro capo
aveva colpito un nervo scoperto.

"È così che la chiamavano." Django aveva
allungato una mano per chiarificare il suo aneddoto.
"La bambola di pezza. Erano tempi più duri, quelli. I
vestiti usati che le passavano i cugini non erano altro
che stracci. Di sicuro ne ha fatta di strada. Alla tua,
Geri."

"Non sono più una bambola di pezza, Django,
sono Geri Lindsay. So che giri molto di questi tempo,
ma io sono passata dalle stalle alle stelle, e non per
aver venduto crack."

"Ehi, ragazzina, non fare la spaccona con me,
ora." Il sorriso di Django si era affievolito appena. "Ti
ho visto qui nel mio territorio e sono passato a

salutarti. Quando vedo la gente che si riunisce nel mio quartiere mi piace vedere cosa succede. È bello rivederti, Geri."

"Nessun problema, Django" aveva sbuffato Geri, poi si era rivolta all'autista che stava osservando tutto con attenzione dal finestrino della limousine. "Andiamo, Lefty, tra qualche ora ho un servizio fotografico."

"Sarà sempre una bambola di pezza" aveva detto Django ai suoi uomini mentre si allontanava, e la sua voce aveva raggiunto Geri che era ancora a portata d'orecchio.

"Bravo, torna a vendere il tuo crack" aveva mormorato lei mentre tornava nella limousine.

Forse lo spacciatore si era fermato per una frazione di secondo, ma non si era voltato e aveva continuato a camminare lungo l'isolato verso la Cadillac che lo attendeva.

Lei si era resa conto di aver esagerato quella sera, ma in quel momento non si era fermata a pensarci più di tanto. Immaginava che se lui avesse voluto fare problemi, si sarebbe girato e l'avrebbe chiamata lì per lì. Da allora non l'aveva più visto, ma la notte in cui era stata rapita lui doveva essere lì, ci avrebbe scommesso la vita.

Dopo quell'incontro era tornata nel quartiere tre volte, e l'ultima volta non sapeva che Django aveva parcheggiato in fondo all'isolato. L'uomo covava risentimento per il loro ultimo incontro, ed lo irritava il fatto che lei continuasse a tenere le sue piccole soirée nel suo territorio senza nemmeno contattarlo per assicurarsi che non ci fossero malintesi dall'ultima volta. Aveva fatto arrestare persone sul posto per molto meno del modo in cui lei si presentava. Erano troppe le persone che invadevano il suo territorio e sfidavano la sua autorità di quei tempi. Era ora di mandare un messaggio per ricordare a tutti chi era.

Aveva deciso che invece di lasciarla per strada l'avrebbe data in pasto agli ebrei. Aveva già spedito più di una dozzina di persone nei sotterranei, e nessuno le aveva più viste. Sapeva che quei quattro medici fuori di testa stavano facendo le cose per bene, e avrebbero continuato a farle anche con quella cagna irrispettosa. Django aveva fatto andare uno dei suoi migliori luogotenenti in mezzo al suo entourage, e tutti avevano fatto spazio al ben noto assassino. Il suo uomo si era avvicinato a Geri, le aveva fatto scivolare una pasticca nel bicchiere e l'aveva attirata in un vicolo laterale per una sniffata speciale di roba di alta qualità. Geri non si era resa conto che si trattava di eroina finché non l'aveva fatta svenire. La Brougham si era mossa lungo la strada e nel vicolo e Geri era stata bendata, legata e imbavagliata, poi era stata gettata nel bagagliaio ed era stata portata via.

Django non riusciva a credere che sia Geri che Jerome Browne fossero ancora vivi e fossero stati tratti in salvo dalla Polizia, così come quelle quattro puttane malate di crack. Trovava ancora più difficile credere che lui non fosse ancora stato preso. Tutta la sua banda era in piena allerta ed era pronta a uccidere chiunque si fosse avvicinato a East Harlem in cerca di vendetta per l'incidente del seminterrato e per il processo contro quei dottori fuori di testa.

Geri Lindsay era una di quelli che avrebbero voluto vendicarsi, ma non ricordava quasi nulla. Tutto quello che aveva erano i suoi incubi.

Non poteva fare altro che fantasticare sui modi in cui avrebbe potuto vendicarsi contro quelli che poteva solo immaginare – ma che in qualche modo sapeva anche – essere responsabili.

Sweet dreams are made of this, cantava in cuor suo e nella sua mente.

Listerine Walters era stata la prima ad essere mandata nel sotterraneo. Faceva la prostituta da troppo tempo ed era diventata ingorda e impertinente. Aveva una buona reputazione per i pompini, si diceva che i suoi fossero i migliori di East Harlem, e non aveva mai avuto problemi ad avere clienti giorno e notte. La maggior parte delle ragazze più giovani, di quei tempi, masticavano la gente per farla finita il prima possibile. Farli bene era la specialità di Listerine, e lei era sempre più stanca di dover rendere conto a Django perché faceva un lavoro migliore di chiunque altro.

Per Django vigeva la regola dei tre strike, e dopo due discussioni aveva messo un cane di guardia fuori dal suo appartamento per tenere il conto di quanti clienti passavano ogni giorno. Alla fine della settimana si incontrava con lei. Quando il denaro che era arrivato era molto al di sotto delle aspettative, aveva mandato i suoi uomini e l'aveva fatta portare nel seminterrato per la procedura. Le avevano messo una pastiglia nel bicchiere, e poi l'avevano legata, imbavagliata e gettata in un baule per il breve viaggio verso il laboratorio.

Ormai Adam Rauch aveva capito che quelle persone venivano portate invece di ricevere una pallottola in testa ed essere gettate sul marciapiede. Quello che succedeva da lì in poi veniva fatto nella speranza di sfruttare al meglio ciò che queste persone avevano da offrire all'umanità nel tempo che rimaneva loro.

Per prima cosa aveva amputato la gamba sinistra di Listerine e l'aveva messa su un dispositivo di supporto vitale che pompava fluidi vitali da un dispositivo robotico. Sbalordito dal suo successo, era andato avanti e aveva rimosso il braccio destro per lo stesso scopo. La logica era che, a differenza di Combo, lei non avrebbe più avuto bisogno del braccio destro, e che quello sarebbe dovuto essere più reattivo del sinistro.

Adam era stato galvanizzato dalle sue scoperte e aveva proceduto a rimuovere gli occhi, che aveva messo in magazzino in vista di ulteriori esperimenti con le attrezzature che gli sarebbero state inviate dal suo fornitore. La sua idea era che sarebbe stato molto più utile determinare se gli occhi sarebbero stati ancora funzionali dopo essere stati in deposito per un certo tempo. Poi aveva rimosso uno dei reni per fare un trapianto a Combo, le cui condizioni fisiche continuavano a deteriorarsi a causa della sclerosi multipla avanzata.

La donna veniva drogata continuamente, era dipendente da quei narcotici e tenuta in una gabbia abbastanza grande per un gorilla. Aveva perso la cognizione del tempo, sapeva solo che veniva lavata due volte alla settimana e che le era permesso usare il bagno una volta al giorno. La donna che avrebbe saputo in seguito essere Patch le cambiava i pannoloni e le curava le piaghe e le infezioni. Le avevano assegnato una dieta liquida che rendeva più facile gestire i suoi movimenti intestinali. La usavano per diversi tipi di esperimenti e ogni tanto si ritrovava sul tavolo operatorio. Ogni volta che l'effetto dei farmaci si esauriva, cercava di urlare, ma Patch arrivava e le faceva un'iniezione. In passato aveva avuto incubi in cui l'inferno era un posto in cui avrebbe dovuto fare pompini ai demoni per tutta l'eternità. E sarebbe stato molto meglio di quello.

Nel tempo aveva percepito che avevano messo

un'altra donna in una gabbia accanto a lei. Riusciva a sentire il trambusto, e di tanto in tanto i gemiti e le grida della donna. Dopo un altro po' di tempo ne era arrivata un'altra in fondo alla fila, e infine un'ultima. A quanto pareva venivano tenute in quel canile umano per qualche scopo empio. Nei suoi momenti di lucidità, implorava Patch di ucciderla, ma poi quella le faceva un'iniezione e lei scivolava nell'oblio.

Alla fine c'era stato il salvataggio e lei si era svegliata al Bellevue Hospital, dove le era stato spiegato cosa era successo e che cosa stavano facendo per lei. Era stata trasferita in una struttura di riabilitazione a nord di New York, dove era stata curata per la sua dipendenza. Aveva accettato di essere intervistata per un segmento di *Good Morning America*, e subito dopo era stata contattata da ricercatori francesi. Avevano sviluppato un set di occhi robotici che le avrebbero impiantato chirurgicamente. La procedura avrebbe impiegato la nanochirurgia per riparare e i nervi danneggiati e collegarli dal cervello all'apparato. Avrebbe visto immagini grigie trasmesse elettronicamente per tutta la vita, ma la procedura sarebbe stata annunciata come una svolta senza precedenti. Listerine aveva accettato prontamente.

Era stata anche contattata da un manipolo di avvocati, uno dei quali le aveva riferito un messaggio criptico. Le era stato ricordato che aveva ancora famiglia e amici ad Harlem, e che la loro sicurezza dipendeva dalla sua cooperazione. Non avrebbe dovuto dire niente della sua esperienza a nessuno. Le cose si stavano risolvendo, c'erano negoziazioni in corso e tutto sarebbe stato rivelato a tempo debito. C'erano persone potenti che sapevano quanto aveva sofferto e che l'avrebbero ricompensata per quel favore. Le era stato detto che una volta che il processo con la giuria sarebbe finito, sarebbe stata ricontattata in modo da poter prendere accordi per il suo risarcimento.

Come Geri Lindsay, non vedeva l'ora di lasciarsi tutto alle spalle e andare avanti con la sua vita in pezzi. Accettò la richiesta e pregò in silenzio che fosse fatta finalmente giustizia.

L'orologio ticchettava e il giorno della resa dei conti si avvicinava sempre più.

CAPITOLO NOVE

La mattina seguente, i detective si recarono in auto fino alla Jersey Shore per incontrare Jerome Browne. Si ritrovarono ancora una volta sulla BQE, e presero la I-278 fino alla I-95 South, dove la New Jersey Parkway incontrava la Garden State Parkway. Girarono a sinistra sulla Highway 72, attraversarono la baia di Manahawkin fino a Long Beach Boulevard, e guidarono verso sud fino al terreno su cui si trovava la villa da quindici milioni di dollari che dominava Little Egg Harbor.

Ancora una volta, furono accolti da guardie armate. Erano parcheggiate in posizioni strategiche lungo la proprietà sulla spiaggia e comunicarono via radio per confermare l'identità dei detective e annunciare il loro arrivo. Furono scortati fino al parcheggio con due garage e poi sul balcone del secondo piano dove li attendeva Jerome Browne. Ebbero poco tempo per ammirare la maestosa architettura o lo squisito arredamento di quella casa bianca futuristica. Browne, avrebbero scoperto presto, era un uomo con le sue priorità e con poca pazienza per le distrazioni.

I due partner, di solito piuttosto disinvolti, furono presi alla sprovvista alla vista del braccio robotico di Browne, al quale le foto rendevano poca giustizia. Era un'appendice impressionante, indossata da un uomo alto due metri e dieci e che pesava centoquaranta chili, quindici dei quali erano stati messi su dal suo ritorno dalla prigionia. Come quello di Combo, il braccio reagiva lentamente agli impulsi cerebrali di Browne. A differenza di quello di Combo, però, era costruito con un materiale più leggero e attaccato chirurgicamente senza supporto. Browne era ancora dipendente dagli antidolorifici per affrontare lo stress.

"Solo ieri abbiamo visitato la casa di Geri Lindsay" dichiarò Tommy mentre ringraziavano il maggiordomo di Browne per i due Harvey Wallbangers versati da una caraffa. "Non pensavo di potermi avvicinare di più al paradiso, non fino a quando ho visto questo posto."

"Sì, si potrebbe pensare il contrario, ma questa vista idilliaca non mi distrae minimamente dalla merda che ho in testa" disse Browne con cautela. Portava i capelli in un modesto stile afro e si era fatto crescere un pizzetto che gli dava un aspetto malevolo.

Mostrava chiaramente il carattere irascibile che esibisce tipicamente chi abusa di sedativi. "Geri vi ha detto qualcosa di diverso da quello che c'era nella dichiarazione della polizia?"

"No, non esattamente." Orrin voleva lasciare che fosse Tommy a condurre il gioco, cosa che Tommy fece con una certa riluttanza. Sapevano che Browne avrebbe potuto lanciare entrambi dal balcone a calci in culo anche con il braccio robotico dietro la schiena.

"Allora cosa ti fa pensare che con me sarà diverso?"

"Come dicevo al telefono, oggi è l'ultimo giorno che ho per aiutare il procuratore a mettere insieme le informazioni di cui ha bisogno per l'apertura del processo martedì." Tommy si schiarì la gola. "Come ho detto anche a Lindsay, la mia speranza è che tu possa ricordare qualcosa che potrebbe essere stata trascurata nell'immediato dopo l'incidente per via del trauma che hai subito."

"Ti riferisci a un incidente specifico?"

"Geri ha detto una cosa che ci ha dato l'impressione che tutti stiate tenendo duro fino al processo per assicurarvi che non ci siano appelli dell'ultimo minuto che facciano uscire qualcuno di quei medici su cauzione" ammise Orrin. "Beh, siamo a circa novantasei ore dall'inizio della partita, e a meno che il giudice non si alzi dal letto nel cuore della notte e firmi un'ordinanza che equivarrebbe a sputare in faccia, tra gli altri, al

Presidente degli Stati Uniti... non credo che succederà."

"Beh, stanno ancora cercando di estradare Edward Snowden per la storia di Wikileaks, no?"

"Snowden era già fuggito a Hong Kong" sottolineò Tommy. "Loro sono in custodia presso il CCM e la polizia di New York ha rafforzato la sicurezza. I miei capi sono preoccupati che un particolare trafficante di droga possa avergli messo una taglia sopra le teste. Per come la vedo io, lo Stato risparmierebbe le spese di un processo, per non parlare del vitto e alloggio a vita per quattro, ma è solo la mia opinione."

"Stai parlando di Django Tamsulosin?" Browne prese un pistacchio da un enorme piatto di frutta secca assortita, prima di spingerla lungo il tavolo di marmo verso i detective. "Basta con le stronzate, non ho tutto il giorno. Sapete che vengo dal ghetto e che ci sono tornato più volte, proprio come Lindsay. Lasciate che vi chieda una cosa. Siete mai tornati nel vostro vecchio quartiere?"

"Certo" disse Tommy scrollando le spalle. "Amici e famiglia, tutta quella roba là."

"Ed è la stessa cosa per me, per Geri, e per chiunque altro. Ogni volta che hai bisogno di darti un pizzicotto per ricordarti che non stai sognando, tutto quello che devi fare è tornare a casa. La maggior parte delle persone non torna mai indietro perché ha paura che il suo passato le raggiunga. Alcuni di noi tornano indietro per assicurarsi che ce l'abbiamo fatta davvero. È ciò che si potrebbe definire catartico. Sai, avrei potuto essere Django. Avrei potuto prendere una pistola e la strada peggiore, invece ho preso una palla da basket e sono andato al college. Django avrebbe potuto essere me, se fosse stato alto due metri."

"Sì, e avrebbe potuto essere me se fosse andato alla scuola di polizia."

"Fini nobili, grandi ideali" disse Browne con sarcasmo. "Avrebbe potuto essere Joel Madden, o anche Colin Powell, o Barack Obama. Ha deciso di rimanere a casa e di sviluppare la sua industria artigianale. A volte, quando torni indietro, finisci per pestare i piedi alle persone quando meno se lo aspettano. Ti sei mai beccato quello sguardo da qualche ragazzo del quartiere, quando hanno scoperto che sei diventato un poliziotto?"

"Sai com'è. Alla gente non piace avere poliziotti in giro quando non ne hanno bisogno."

"A volte è così" annuì Browne con aria saggia. "Quando vogliono qualcosa, ti stanno addosso come mosche sulla merda."

"Un po' di tempo fa sei stato coinvolto in un progetto di restauro della comunità, e dicono che tu abbia avuto delle interferenze da parte di uno degli spacciatori, laggiù. Ora, se Django gestisce il commercio laggiù, sarebbe sbagliato supporre...?"

"Senti, se la tipa del takeaway di McDonald's ti

rompe le palle, tu vai a piangere da Ronald McDonald? È lo stesso principio. Voi siete poliziotti, dovreste saperlo. Gli spacciatori di strada sono proprietari di franchising, operano sotto la bandiera del boss locale. Mettono su la loro 'baracca', prendono il prodotto in consegna, e restituiscono la somma pattuita. Ora, se arriva qualcuno che vuole salvare il mondo, o anche solo migliorare il quartiere, qualcuno che parla di sistemare le topaie o di costringere i loro proprietari a sistemarle... questo mette in pericolo il franchising dello spacciatore che opera in quella zona, o la vendita ai tossici che cercano la loro prossima dose. Vai lassù a chiedere perché nessuno vuole cambiare, e lo spacciatore viene da te e ti chiede: 'Perché io? Perché non vai a sistemare il prossimo isolato?' Tu vai al prossimo isolato, e l'altro fa la stessa domanda. Quando hai passato al setaccio la zona, scopri che ti sei solo rincorso la coda per tutta East Harlem."

"Allora, che mi dici di Combo?" Orrin cambiò marcia. "Vi ha aiutato a uscire da lì. Non gli avete chiesto perché non vuole testimoniare contro i medici che vi hanno fatto tutto questo?"

"Penso che tutti stiamo aspettando di vederli in tribunale per vedere come si dichiarano, e se verranno fatti accordi o meno. Se si dichiarano colpevoli, non ci sarà un processo. Cosa succede all'accordo di Combo in quel caso? Fossi in lui, non farei un cazzo finché non dovessi essere incriminato.

Per me è un eroe, ha aiutato a salvarmi la vita. Anche se fosse stato lui quello che passava i coltelli sul tavolo operatorio, mi ha comunque aiutato a radunare quei bastardi e a incasinare quel posto abbastanza a lungo da far arrivare la polizia."

"E Patch? Nell'interrogatorio che ho registrato ieri c'è stato un lapsus. Geri ci ha praticamente detto che qualche volta Patch le ha dato da mangiare. Tenevano quattro donne in gabbia, per la miseria." Tommy aveva un'espressione ostinata. "Da una di loro hanno preso gli occhi, un braccio. una gamba, persino un rene!"

"Non c'è bisogno di ricordarmi cosa hanno preso." disse Browne bruscamente.

"Guarda, Jerome, se riusciamo a convincere uno dei due – Patch o Combo – abbiamo preso quei medici per le palle. Stanno cercando di dare la colpa a un dottor Ciclope, e se non riusciamo a provare senza ombra di dubbio che questo Ciclope non esiste, potrebbero anche uscirsene. Se se la cavano, non puoi fare altro che portarli in un tribunale civile. E si ripete la storia OJ Simpson. Non puoi toglierli quello che non hanno. Lo so che vuoi che venga fatta giustizia tanto quanto le altre vittime."

"Chi ti ha dato da mangiare, Jerome? Uno della tua taglia non possono averlo tenuto in vita tre settimane solo con una dieta liquida, non dopo un'operazione del genere."

"Venivo drogato, agenti. Proprio come Geri e tutti

gli altri. Sarei ancora lì se quella notte non avessero saltato la mia dose e se Combo non mi avesse retto il gioco. No, non potete sacrificare Combo. E vi posso assicurare che sarà fatta giustizia."

L'alterco che Jerome Browne aveva avuto con Django Tamsulosin era stato un po' più esplosivo di quello di Geri Lindsay. Jerome aveva cercato di incontrare Ronald McDonald. Aveva fatto sapere in giro che voleva parlare con Django, e si erano incontrati al Wells Restaurant sulla centotrentaduesima strada. Era lo stesso posto in cui Denzel Washington aveva sparato a Tango in *American Gangster*, cosa che entrambi trovavano divertente e ironica. Quello che nessuno dei due trovò divertente fu la conversazione che seguì. Jerome voleva ristrutturare alcuni dei principali edifici adibiti al consumo di crack e Django si era rifiutato di aiutarlo. La discussione si era inasprita quando Jerome lo aveva accusato di aver portato la peste nel quartiere. Django aveva detto a Jerome che stava usando il progetto di restauro per gonfiare il suo ego. Jerome se n'era andato dopo aver detto a Django di andare a farsi fottere.

Poi aveva ricevuto la notizia che Django voleva organizzare un incontro, e che un mediatore lo avrebbe incontrato allo Shrine Bar and Restaurant vicino alla centotrentaquattresima strada quella sera fatidica. Jerome sarebbe dovuto essere comunque nei paraggi, per cui aveva chiamato il numero del suo contatto e gli aveva detto che si sarebbe fermato per un drink e una chiacchierata. La cosa era stata talmente casuale che Jerome non ne aveva nemmeno fatto cenno a nessuna delle sue fidanzate, al suo addetto stampa o ai suoi compagni di squadra. La squadra era fuori per l'estate, quindi quella sera non c'era niente che richiedesse la sua attenzione.

Jerome aveva riconosciuto che si trattava di un rivenditore di basso livello, e la cosa lo aveva sorpreso e offeso. Era ancora presto e non c'erano molti clienti, quindi non era assillato dalla gente ubriaca che gli chiedeva autografi e foto. Lo spacciatore stava canticchiando un motivetto jive che lo aveva infastidito molto e gli aveva fatto capire con chiarezza che Django stava facendo dei giochetti mentali.

Stava per andarsene quando due donne nere dall'aspetto sexy si erano avvicinate, avevano salutato lo spacciatore e si erano mostrate entusiaste di incontrare Jerome Browne di persona. La loro esibizione era stata impeccabile e lui non era mai riuscito a capire chi gli aveva messo la droga nel bicchiere. Ricordava di essersi sentito stordito e che lo spacciatore che lo aveva accompagnato nel bagno del locale, dove aveva smesso di dire cose sensate. Era stato portato fuori da un'uscita posteriore, e quella era l'ultima cosa che ricordava.

Ricordava di essere stato legato ad un tavolo per

la maggior parte del tempo, e che di tanto in tanto si svegliava solo per essere drogato di nuovo con un ago in una vena. C'era un'assistente che si occupava di lui regolarmente, aiutandolo a sedersi, portandolo in giro e dandogli da mangiare. La luce era molto fioca, e le altre droghe che gli davano lo tenevano tutto il tempo a Palookavilla. L'assistente gli portava roba da McDonald's, per lo più hamburger, crocchette di pollo e patatine. Finché non era arrivato il suo momento non era riuscito a capire se fosse una donna o una fata.

Jerome aveva passato gran parte del tempo a cercare di mantenere la sua forza mentale. Faceva addizioni e sottrazioni a tre cifre nella sua testa, ripassava le telecronache delle sue partite, e si ripassava più e più volte il suo playbook dei New York Knickerbockers. Poi fantasticava su quello che avrebbe fatto a quei figli di puttana. Sapeva che in qualche modo aveva perso il suo braccio e che l'avevano sostituito con un arto robotico. L'assistente gli avrebbe insegnato a usare le dita con quella sua voce da fata.

Spalla-gomito-polso-dita.   *Uno-due-tre-quattro-cinque.*

Era diventato un mantra per lui, e nei momenti di lucidità si rendeva conto che stava facendo progressi perché poteva sentire il ticchettio delle dita in risposta ai suoi pensieri: *uno-due-tre-quattro-cinque.* Solo che, in quel giorno particolare, aveva sbattuto le palpebre ed era riuscito a vedere le ombre del soffitto sopra di sé. La fitta che sentiva alla spalla era diventata un fastidio pulsante e si era domandato perché non gli stessero dando le medicine. Improvvisamente era scattato e aveva sentito una serie di voci maschili provenire da una stanza vicina. L'assistente era in ritardo. Aveva un po' di tempo a disposizione.

Aveva cercato di muoversi e si era reso conto di essere legato al tavolo tramite il suo polso destro. Era il momento di vedere cosa poteva fare quel coso di metallo. *Spalla-gomito-avambraccio.* Doveva esserci un avambraccio. *Spalla-gomito-avambraccio. Spalla-gomito-avambraccio.*

All'improvviso c'era stato un forte rumore di strappo mentre le cinghie si staccavano dal tavolo, e lui aveva visto il braccio di metallo sollevarsi in aria al suo fianco. Si era sentito agitato, e si era costretto a calmarsi, come se stesse per fare un tiro libero che avrebbe portato i Knicks ai playoff. Quella dannatissima cosa reagiva agli impulsi del cervello, e il trucco stava nel mettere in contatto ogni pensiero con il componente che doveva essere attivato. *Uno-due-tre-quattro-cinque. Uno-due-tre-quattro-cinque.*

Jerome aveva finito il suo terzo anno alla Columbia University e non era un uomo stupido. Ci aveva preso la mano velocemente e, nel giro di un paio di minuti, aveva strappato la fascia toracica e si era potuto girare abbastanza da consentire al braccio robotico di raggiungere il laccio sul suo polso destro. Quando anche quello era scattato, il suo viso era stato attraversato da un sorriso malvagio. Ora avrebbero avuto bisogno di una pistola per rimetterlo giù. Aveva pensato alla Cosa nei fumetti dei *Fantastici Quattro*.

È tempo di distruzione.

~

Quando i medici erano arrivati, sia Patch che Combo erano stati presi alla sprovvista dalla commozione mentre scendevano le scale e si riunivano con Adam nella zona della reception.

"Non puoi essere serio, Adam" Abe Javits era irritato. "Sta arrivando Hanukkah e tu ci butti addosso questa roba. Quando mi hai chiamato hai detto che ci saremmo incontrati per chiudere le cose prima della fine dell'anno. Poi arriviamo qui e ci dici che potresti aver bisogno di noi per alcune procedure dell'ultimo minuto prima dei *goyim*. E adesso che siamo entrati in questo dannatissimo edificio ci dici che potremmo dover passare qui i prossimi due giorni. Avevi detto che avevi la situazione sotto controllo, e aspetti Hanukkah per dirci che ci sei dentro fino al collo?"

"Ehi, io non so nemmeno perché sono qui" insistette Isaac Vadim. "Hai lavorato bene con quella pelle transgenica anche senza di me. In effetti, dovrei fare richiesta perché ti mettano ad aiutarmi a gestire la mia unità lì in ospedale. Ehi, basta chiedere a Patch. Patch, pensi che abbia bisogno del mio aiuto per le tue procedure di rifinitura?"

I quattro avevano guardato in direzione del punto da cui Patch e Combo stavano origliando, fissandoli con stupore dall'altra parte della stanza, dove avevano abbassato il volume della TV per sentire meglio. Patch era sbalordita e si era limitata ad alzare le mani esitante.

"Ecco, vedi? Patch dice che non hai più bisogno di me."

"Abbiamo... altri pazienti in arrivo. Il dottor Ciclope ha altre attrezzature in arrivo da oltreoceano e dobbiamo fare un beta test immediatamente. Ti ho detto che arrivano da un paese repressivo, ed lui è sotto una pressione tremenda. Deve scaricare un po' di roba e ha bisogno che noi acceleriamo le cose da parte nostra, così può giustificare le spese. È contento di quello che abbiamo realizzato, anzi, è euforici, ma ha superato il budget. Minaccia di staccarci la spina se non riesce a convincere la sua gente a fare un altro investimento sostanzioso."

"Adam" quella volta era stato Noah Birnbaum a cercare di ragionare con lui. "L'ultima volta che sono stato qui avevi un braccio e una gamba umani che rispondevano sia a stimoli elettrici che a stimoli fisici, e un paio di occhi che trasmettevano immagini allo schermo di un computer. Hai detto di aver inviato loro dei video di Combo. Cosa diavolo vogliono farci fare, costruire un mostro di Frankenstein?"

"Beh..." Adam stava tamburellando distrattamente con una penna contro il rotolo di carta assorbente sulla sua scrivania. "Non penso che saremmo poi troppo lontani."

"Ehi." Abe si era piegato in avanti. "Fanculo i tuoi investitori, fanculo il dottor Ciclope e fanculo tu. L'ho detto fin dall'inizio che stavo solo fornendo un investimento moderato e una consulenza come favore personale a tutti voi. So che avete salvato la vita di Combo e che avete migliorato notevolmente la qualità della vita di Patch. Quello che stavate facendo con quegli arti umani stava superando il limite, e ve l'ho detto, ma non ho insistito perché ho già visto cose del genere nei laboratori di ricerca. Adesso stanno arrivando altre persone. Da dove? Chi sono? Che tipo di operazioni staremmo per fare? Non avevo problemi a lavorare su Combo perché era una situazione di vita o di morte. Ci hai detto tu che questo dottor Ciclope era quello che stava facendo il lavoro sporco. Fai venire *lui* a lavorare qui per tutto Hanukkah."

"OK, ragazzi, il problema è Hanukkah?" aveva domandato Adam.

"No, no... almeno non per me" Isaac lo aveva fissato negli occhi. "Ho un brutto presentimento. Con questo tuo progetto stai rischiando tutto quello che abbiamo. Hai detto che si trattava solo di arti robotici, e con quelli abbiamo avuto un successo meraviglioso. Poi hai detto di aver fatto un trapianto di reni a Combo con l'aiuto di Abe, e io ti ho aiutato a fare quegli innesti di pelle sul torso di Patch, è anche quello è stato un successo. Questi sono pazienti 'residenti', che lavorano con noi. Con loro abbiamo sviluppato un legame di fiducia. Cosa diavolo pensi che succederà dopo? Che apriremo una clinica ambulatoriale? Perché non apriamo anche una fabbrica di aborti, giacché ci siamo?"

Proprio in quel momento si era sentito uno schianto fragoroso e tutti nella stanza avevano fissato sbalorditi un Jerome Browne che stava barcollando attraverso la porta della stanza numero due, gettando via la porta pesante come se fosse stata di cartone.

"Non servono neanche i poliziotti!" aveva ruggito. "Vi ucciderò tutti, figli di puttana!"

"Ascoltatemi molto attentamente" aveva detto Adam con tono uniforme mentre tutti fissavano con orrore il gigantesco uomo nero con il braccio sinistro robotico che barcollava attraverso la porta sulle gambe ancora deboli a causa dei narcotici e dei sedativi. "Dobbiamo raggiungere il magazzino e chiuderci dentro per chiamare i soccorsi. Questo paziente è sotto l'effetto di droghe ed è fuori controllo."

"Buon Dio!" esclamò Isaac in un rantolo. "Quello è Jerome Browne dei Knicks! È scomparso da settimane!"

"Ha avuto un incidente e abbiamo dovuto rimuovere il suo braccio. Sospettavamo che si trattasse di gioco sporco, ma non ci ha voluto dire nulla, e in più è stato sedato" Adam si era alzato dalla sedia e si era precipitato verso la cella frigorifera. "Patch, chiama la polizia!"

"Fallo e ti strappo la testa!" aveva ruggito Jerome rivolto a lei mentre i dottori scappavano al suono della sua voce.

Geri Lindsay, come Jerome Browne, aveva potuto sentire il trambusto là fuori. Il fracasso e le urla l'avevano fatta riscuote di scatto, e così aveva percepito le cinghie che la tenevano sul tavolo su cui giaceva. Solo che lei non era stata legata come Jerome, soprattutto perché Patch non solo ammirava la bellezza della sua pelle, ma pensava che un giorno sarebbe potuta essere sua. Era legata molto leggermente, per cui era riuscita a staccare l'allacciatura dei polsi, a mettersi a sedere e a liberarsi. Quando si era resa conto che la sua gamba non c'era più si era messa a singhiozzare miseramente, ma il suo dolore si era trasformato in orrore quando aveva sentito le grida e le suppliche che provenivano dalla porta chiusa dietro di lei.

Sapeva che c'erano altri prigionieri, ma era troppo intontita per fare qualcosa. Inoltre, la sua gamba era andata e si era resa conto che avrebbe dovuto strisciare fuori da lì.

"Mi chiamo Geri!" aveva gridato attraverso la

porta. "Sto andando a cercare aiuto, chiamo la polizia!"

"Vieni ad aiutarci, per favore!" aveva gridato istericamente la voce di una donna. Avevano superato tutte l'orario previsto per il loro dosaggio e si stavano riprendendo. "Ci tengono in gabbia qui dentro!"

"Vado subito! State calme!" Si era messa a sedere trascinando la gamba destra sul lato del tavolo. Sapeva che non sarebbe riuscita a saltare su una gamba sola, non così malconcia com'era. Se fosse riuscita ad abbassarsi fino al pavimento, avrebbe potuto strisciare fino all'entrata principale. Pregava solo che non fosse chiusa a chiave, e non aveva idea di cosa ci fosse dietro. Sapeva solo che avrebbe strappato gli occhi dalla testa della prima persona che le si fosse avvicinata.

Aveva cercato di abbassarsi ma era caduta sul pavimento piastrellato. Una volta svanito il dolore iniziale si era ripresa e aveva cercato di capire come fare. Aveva deciso che il modo migliore sarebbe stato quello di andare mano destra, mano sinistra, e poi tirare il ginocchio in avanti. Questo le avrebbe permesso di attraversare il pavimento muovendosi abbastanza velocemente. Si era trovata ad avere il pensiero fugace di essere di nuovo una bambina che per giocare a qualche stupido gioco stava facendo finta di strisciare su una gamba sola. Stranamente, quel pensiero l'aveva distolta dalla sua disperazione e le aveva permesso di raggiungere la porta. Aveva provato a girare la maniglia, l'aveva trovata sbloccata e aveva aperto la porta.

~

"Ehi, tu, mi vuoi dare una mano? Hanno fatto la stessa roba anche a te, aiutami!"

Combo era in ritardo per la sua dose di medicine e in quel momento era in grado di pensare molto più chiaramente. La cucitura a strati gli stava facendo sentire una pulsazione, un bruciore e un prurito sia all'interno che all'esterno del torso. Era sorpreso di trovarsi faccia a faccia con uno dei suoi giocatori preferiti dei Knicks, ma anche inorridito per quello che gli avevano fatto. I notiziari dicevano che era scomparso da più di tre settimane e nessuno aveva idea di dove si trovasse. A quanto pareva era stato portato lì, ed era altrettanto chiaro che non si trovava lì per scelta. I medici si erano chiusi nel magazzino, e stavano chiaramente cercando di sfuggire alla sua ira.

"Porca puttana, Combo, che cosa facciamo?" aveva detto Patch, ansimando.

All'improvviso avevano visto Geri Lindsay che veniva fuori dalla stanza numero uno e si guardava intorno con terrore prima di strisciare goffamente verso le scale. Le altre tre persone nella stanza avevano fatto una lunga pausa piena di stupore, poi Jerome si era allontanato e aveva colpito la porta di metallo con il suo braccio robotico, ammaccandone la superficie.

"Dimmi cosa posso fare" Combo aveva cominciato a barcollare verso il punto in cui si trovava Browne.

"Aiutami a sfondare questa porta" aveva ordinato Jerome. "Voglio vedere chi mi ha fatto questo!"

Patch stava diventando sempre più irrequieta nel sentire le grida delle altre donne che diventavano sempre più forti all'interno del divisorio. Aveva visto che Geri stava salendo i gradini strisciando e sapeva che avrebbe dovuto aggirarla, perché avrebbe potuto fare qualsiasi cosa in questa situazione. Geri era più grande di Patch, e se l'avesse afferrata in quel suo stato frenetico, avrebbe potuto facilmente passare all'attacco.

Patch aveva realizzato piena di angoscia che tutto quello che stava succedendo era dovuto al fatto che non aveva rispettato il programma di dosaggio, una cosa su cui Adam l'aveva ripetutamente ripresa. Era scoppiato un putiferio e Patch non riusciva a vedere una via d'uscita.

Impulsivamente, aveva raggiunto correndo la porta aperta che conduceva alla zona posteriore, nella speranza di riuscire a sedare le donne nelle gabbie e possibilmente ripartire da lì. Se fosse riuscita a procurarsi una siringa carica, avrebbe potuto affrontare Geri e infilzarla prima che arrivasse in strada. Tuttavia, quando era corsa dentro e aveva aperto la porta, aveva visto le donne che martellavano le loro gabbie come scimpanzé impazziti, fino a farsi sanguinare i pugni contro le sbarre di metallo. Allora era corsa verso cassaforte e aveva cercato di aprirla, ma era così distratta e sconvolta che non era riuscita a trovare la combinazione giusta.

Stava andando tutto a puttane!

Geri era arrivata alla porta d'ingresso, ma si era accorta che avrebbe dovuto alzarsi in ginocchio per raggiungere la serratura. Aveva quasi esaurito le sue energie salendo i gradini e percorrendo il corridoio. Aveva pensato di bussare alle porte, ma non voleva rischiare che gli inquilini fossero coinvolti nell'operazione. Piangendo per lo spavento aveva raccolto le forze e si era appoggiata sulla gamba per tirarsi su e raggiungere la maniglia della porta. Aveva raggiunto la serratura e l'aveva girata fino a farla scattare, poi era caduta di nuovo a terra nell'aprire la porta.

Con l'adrenalina a mille, era entrata nel vestibolo e aveva trovato un'altra porta chiusa. Singhiozzando per il dolore e il terrore si era tirata di nuovo sul ginocchio e si era spinta contro la porta. Di nuovo, aveva raggiunto la serratura e aveva percepito la brezza notturna che le scorreva sul viso mentre cadeva sulla soglia della centotrentasettesima strada. Aveva continuato a strisciare sul gradino d'ingresso e aveva raggiunto il corrimano dove si era messa a sedere e aveva cominciato a gridare a squarciagola.

"Aiutatemi! Qualcuno mi aiuti!"

A quel punto aveva deciso che la mossa migliore, per lei, sarebbe stata quella di strisciare lungo la strada e raggiungere l'angolo fino a Lenox Avenue. Se fosse arrivata un'auto, anche lo spacciatore più incallito si sarebbe fermato per vedere cosa stava succedendo con una donna che stava strisciando per strada in un camice da ospedale.

"Ehi, giovane." Una vagabonda ubriaca si stava trascinando sull'isolato verso il punto del marciapiede che lei aveva raggiunto con il camice ormai coperto di bava e i capelli arruffati che le pendevano sul viso. "Che ti succede?"

"Chiama la polizia!" gridò. "Mi hanno tagliato la gamba!"

"Porca puttana!" I suoi occhi vitrei si erano allargati per l'orrore quando lei si era tirata su il camice per mostrare un'unica, splendida gamba. "OK, bella mia, fammi andare in strada a chiamare qualcuno!"

In pochi minuti, il calvario dei prigionieri del seminterrato si era concluso e quello dei medici era iniziato.

CAPITOLO DIECI

"Andiamo, Mo, altrimenti faremo tardi!" urlò Tommy Jackson attraverso la porta del bagno, guardando l'orologio. Erano le sei di domenica sera, e aveva detto a Orrin che lui e Maureen sarebbero arrivati alle sette.

Vivevano nella Lower East Side, non lontano da Delancey Street, ma Tommy era fissato con la puntualità. Avevano portato i bambini a passare la serata dai genitori di Maureen, e avevano preso del vino e del formaggio da portare ai Rampersad. Ci sarebbero voluti solo una ventina di minuti e probabilmente non avrebbero avuto problemi di traffico di domenica sera.

"Mi sto solo facendo i capelli e il trucco. Esco subito" rispose lei.

"In che senso ti stai facendo i capelli, scusa? Sono lisci, maledizione" urlò, poi si sedette e accese la TV.

"Perché stai accendendo la TV?" chiese lei uscendo dal bagno e spegnendo la luce.

Lui vide il suo trucco e dovette rivolgerle una seconda occhiata. "Wow, sembri una pornostar. Vieni qui."

"Pensavo avessi detto che eravamo in ritardo. Ehi, spero proprio che tu non stia guardando quella roba schifosa."

"Ora li chiamo e dico che non stai bene."

"Non se ne parla. Prendi il vino e il formaggio, io ti aspetto in macchina."

"Va bene" disse lui spegnendo la TV. "Guidi tu?"

"No, mi sono appena fatta le unghie" rispose la moglie chiudendosi la porta alle spalle.

Django Tamsulosin stava perdendo la pazienza mentre sedeva sul sedile posteriore della macchina, guardando il suo orologio.

"Perché ci sta mettendo così tanto questo tizio?" brontolò. "Non ho intenzione di starmene seduto qui tutta la notte, cazzo."

"Ha detto che sarebbe arrivato intorno alle sei, immagino che sia in ritardo. Magari puoi dargli altri cinque o dieci minuti."

"Per un figlio di puttana mezzo matto? Perché non lo chiami?"

"Va direttamente alla segreteria telefonica. Deve averlo spento per non avere interruzioni."

Uno degli uomini di Django, Nero, aveva ricevuto la telefonata circa un'ora prima. Slim Jim della centotrentanovesima strada aveva detto di essersi incontrato con uno degli uomini di Jerome Browne per un colpo contro qualcuno che secondo lui lo aveva incastrato per il rapimento. Sebbene Django sapesse di essere ben lontano dal poter stare tranquillo, questo poteva significare che Browne non aveva ancora fatto due più due. Il rapimento lo aveva organizzato uno dei suoi uomini, Knowshon, che ora viveva a Tampa, in attesa della conferma della morte di Jerome Browne. A quanto pare, Jerome non sapeva che Knowshon lavorava per lui, e anche se lo sapeva, non voleva dire che era stato Django a organizzare il tutto.

Al di là dalla sua ragionevole preoccupazione, sembrava le cose stessero andando abbastanza bene. Nessuno aveva fatto il suo nome, né i medici, né Patch, né Combo. Gli unici con cui aveva avuto un contatto vero e proprio erano Rauch, Patch e Combo, quindi se nessuno di loro avesse detto qualcosa, non sarebbe successo nulla. Non poteva credere che quello stupido ebreo, Rauch, avesse tenuto in vita quelle persone. Pensava che stesse solo prendendo il sangue, gli organi e qualsiasi altra cosa di cui avesse bisogno, come aveva fatto con le prime sei vittime che Django aveva scaricato lì. Il problema doveva essere stato che non aveva portato le ultime sei sull'orlo della morte come le prime. Evidentemente era stato quello l'errore fatale. Rauch non aveva avuto le palle per finirli.

"OK, ci siamo" disse Nero mentre una macchina girava l'angolo e si avvicinava lentamente dietro la Brougham, lampeggiando gli abbaglianti come da segnale.

Erano parcheggiati proprio dietro l'angolo dello Shrine, per avere una scusa nel caso in cui fossero passati prima i poliziotti. Guardarono l'autista parcheggiare l'auto e risalire lungo il marciapiede dal lato del passeggero.

"Perché non stiamo andando dentro?" si lamentò Django.

"Forse non vuole farsi vedere in pubblico, nel caso succeda qualcosa."

"Del tipo?"

L'uomo si fermò bruscamente vicino allo sportello posteriore, e Django ordinò a Nero di abbassare il finestrino.

"Ma che cazzo?" scattò Django contro Slim Jim.

"Saluti da Jerome Browne."

Django rimase a guardarlo preoccupato mentre lui estraeva una .357 Magnum, mirava e gli sparava in faccia. Mentre il finestrino esplodeva, il sicario fece un passo avanti e mise a segno altri tre colpi, sempre alla testa. Dopodiché gettò il revolver nel finestrino contro il corpo di Django, riprese a camminare con calma e se ne andò.

Nero scese dalla macchina e camminò con la stessa disinvoltura intorno all'isolato, fino allo Shrine, dove avrebbe aspettato l'arrivo del suo passaggio.

In quel momento, la polizia di New York era all'inseguimento di un veicolo che stava sfrecciando sulla Franklin D. Roosevelt a centotrenta chilometri all'ora. L'auto finalmente si fermò all'uscita cinque lungo Houston Street. Un agente emerse dal lato del passeggero dell'auto di pattuglia e ordinò al guidatore di aprire il finestrino e mostrare le mani. Rimasero sbalorditi nel trovare Jerome Browne al volante, con l'odore di whiskey che assaliva le narici dell'agente.

"Signor Browne." L'agente chiese la patente e il libretto come di routine, anche se aveva riconosciuto la star dell'NBA. "Ha bevuto questa sera?"

"No" rispose Jerome scontroso.

L'altro poliziotto arrivò dopo aver avuto conferma della targa.

"Mi dicono che è Jerome Browne."

"La macchina puzza di alcol ma lui non sembra ubriaco. Lo lascerei andare ma sta avendo un brutto atteggiamento. Se dovesse fare un incidente mentre torna a casa, ci faranno il culo."

"Signor Browne, può uscire dal veicolo?" chiese il secondo poliziotto.

"E no, cazzo" ringhiò Jerome. "Non ho fatto niente. Datemi la multa e fatela finita."

"No, così non va bene" Anche il secondo poliziotto sentì l'odore dell'alcol. "Signor Browne, deve uscire dal veicolo. Deve sottoporsi al test dell'etilometro, altrimenti dovremo portarla in centrale."

"No, fanculo quella merda. Non lo faccio l'etilometro."

"Signor Browne, scenda dall'auto; deve venire con noi."

"Va bene." Jerome uscì dal veicolo.

Gli agenti erano distratti per via di tutto il dramma che si stava verificando. L'intera nazione era stata ipnotizzata dalla scomparsa della star dell'NBA, avvenuta poche settimane dopo quella della top model Geri Lindsay. Quando il sotterraneo infernale di Harlem aveva fatto notizia a livello internazionale, la stampa mondiale era riuscita a ottenere interviste con tutti i prigionieri che erano stati salvati, fatta eccezione di Browne. L'avvocato di Jerome aveva rilasciato delle dichiarazioni alla stampa, così come la direzione dei Knicks, ma Browne si era rifiutato di parlare con chiunque. E ora, eccoli lì, con le teste che raggiungevano a malapena le spalle del sospettato. Sembrava quasi blasfemo usare la parola sospettato per descrivere un'icona sportiva che era stata salvata dalle torture di quei maledetti solo alcuni giorni prima.

"Signor Browne, siamo spiacenti di doverlo fare, ma lei è in arresto per guida pericolosa a velocità eccessiva su un'arteria principale, e per aver rifiutato di sottoporsi al test dell'etilometro."

"Non me ne frega un cazzo. Fate quello che dovete fare."

Gli agenti furono costretti a usare delle manette da caviglia per ammanettare il polso robotico di Jerome, poiché quelle standard erano troppo strette. Di conseguenza, prima di essere portato al CCM venne ammanettato dal polso alla caviglia sul lato sinistro e sul lato destro aveva il polso agganciato al divisorio di metallo.

~

"Ehi, Rampersad. Questa è Maureen."

"Sono contento che ce l'abbiate fatta. Entrate. Angela, questi sono Tommy e Maureen."

"Che piacere incontrarvi. Mi sembra di conoscervi già. Orrin mi ha parlato tanto di te."

"Sì, beh, non credergli. Esagera."

"Ehi, che bel posto. Lo mantieni con il nostro stipendio? Devi essere un mago."

"Lei arreda e io lo pago. Cosa volete bere?"

"Io il solito. Maureen beve rum e coca cola."

"Fatti dare un bicchierino di Courvoisier."

"Grandioso. Quanto si prende Manitoba per quella roba, dieci dollari a cicchetto?"

"Che bello questo vestito. E hai dei capelli così belli."

"Beh, grazie mille. Io adoro il tuo outfit e la tua pettinatura è così carina."

"Spero che abbiate appetito."

"Anch'io. Non mi ha fatto entrare in cucina per tutto il giorno" disse Angela prendendo in giro Orrin.

"Ecco, una cosetta per voi."

"Oh, non avreste dovuto. Grazie mille. Volete darmi i vostri cappotti?"

Mentre Orrin portava bicchieri e bottiglie su un piccolo vassoio loro presero posto su un divano di lusso, in tessuto Chester, che dominava la stanza spaziosa. Orrin posò il vassoio sul tavolino di vetro accanto al divano e versò le bevande, per poi distribuirle prima di alzare il suo bicchiere.

"Ai vecchi e ai nuovi amici" sorrise Orrin.

"Salute."

Si alzarono tutti e fecero tintinnare i bicchieri, poi Orrin prese posto accanto ad Angela sull'altro divanetto dello stesso set.

"Allora, le vostre ragazze sono con la nonna e il nonno stasera?"

"Sì, non vedevano l'ora. Forse la prossima volta potremmo portare i bambini a Coney Island" suggerì Maureen.

"Sarebbe meraviglioso. David non vede l'ora di

conoscere Tommy. Fa sempre domande su cosa fa suo padre al lavoro ogni giorno. Ha questa immagine in mente che sono come *Starsky e Hutch* o qualcosa del genere."

"Che roba è, tipo *Car 54 Where are You?*" Tommy corrugò la fronte.

"Non guarda la TV; guarda solo il calcio e il baseball" disse Maureen dandogli una pacca sulla coscia.

"Sì, passo le mie giornate al CCM. Chi ha tempo per la TV?"

"Dai, non si parla di lavoro, ricordi?" lo rimproverò lei.

"Non si parla di lavoro? Pensavo che fosse il motivo per cui hai indetto questa riunione."

"Orrin!" Angela gli diede uno schiaffetto sul braccio. "Sta sempre a scherzare."

"Chi, Dirty Harry?"

"Senti chi parla" disse Maureen dandogli una piccola gomitata.

"Sono sicura che vi ha raccontato che l'ho costretto a trasferirsi qui... ma venite fuori a dare un'occhiata alla vista dal balcone. I bambini adorano il parco vicino al fiume, è semplicemente meraviglioso."

"Oh, è stupendo" disse Maureen.

I partner si godettero quella pausa dalla tensione della settimana appena passata, felici di potersi riunire con le loro mogli e fare un altro passo avanti nella loro amicizia in erba. Si rendevano anche conto che le loro mogli avevano ragione. Avevano bisogno di prendere un po' di distanza da tutta quella follia del processo ai medici, ed essere in grado di lasciare andare cose che erano ben oltre il loro controllo.

Erano da poco passate le ventitré quando il sergente Merced aveva ricevuto una telefonata alla sua postazione nel Centro Correzionale Metropolitano. Era di cattivo umore perché era stato assegnato al turno di notte, e per di più la domenica del weekend della Festa dei Lavoratori. La sua ragazza aveva fatto una serie di chiamate per controllare che lui stesse effettivamente lavorando. Era certa che stesse in giro a scopare e aveva chiamato persone che non credeva fosse in grado di contattare. Una volta uscito da lì si sarebbe fatto sentire, ma per ora non poteva fare altro che guardare per la ventesima volta *Zero Dark Thirty* sul suo lettore DVD portatile, mentre il tempo si trascinava.

"Merced."

"Sono il sergente Salinas. Ho una squadra in arrivo tra circa mezz'ora da Police Plaza. Devono portare i medici al tribunale penale di New York di Broadway per l'udienza preliminare. Da Police Plaza stanno arrivando un mucchio di preoccupazioni sulla sicurezza e hanno deciso che li terranno al palazzo di giustizia fino a martedì.”

“Che cosa?” brontolò Hector. “Abbiamo appena ordinato di spegnere le luci. Ora dovrei mandare i ragazzi a fare vestire quegli stronzi e a prepararli per una gita?”

“Ti *piace* questo lavoro, Merced? Supponiamo che questa linea sia monitorata?”

“Avete fatto autorizzare questa cosa dal tenente Lockwood?”

“Lockwood è fuori per il weekend di vacanza. Sono io l’ufficiale di grado più elevato. Fai fare una doccia ai prigionieri prima dell’uscita. Prima dell’udienza al palazzo di giustizia al massimo potranno radersi e cambiarsi. Possono tenere i loro effetti personali nelle loro celle di isolamento, torneranno.”

“Ricevuto” Merced imprecò e bestemmiò, poi chiamò la guardia del cancello.

“Sanchez.”

“Questo pagliaccio vuole i medici puliti e pronti per un passaggio a Centre Street tra circa mezz’ora.”

“Che cosa? Sono nel bel mezzo dello spegnimento delle luci. Che diavolo sta succedendo? Quando i residenti scopriranno chi è che va, partirà *Animal House* lì dentro. Chi ha dato l’okay per questa cazzata? Lockwood?”

“No, il turno per le vacanze lo sta facendo Salinas. Dice che da Police Plaza ci sono state preoccupazioni riguardo la sicurezza. Devono aver ottenuto un'ordinanza del tribunale o qualche stronzata del genere."

"Qualcuno si è fatto riconfermare l'ordine?"

"Riconfermare? Ti sei fatto di metanfetamine? Vuoi chiamare il capitano a quest'ora della notte? Li stanno solo portando al tribunale, non li stanno scaricando nel fiume. Senti, se succede qualcosa a quei bastardi, almeno non succederà qui, giusto? Ci sono già delle voci su quei due spacciatori accoltellati. Non voglio il mio nome su nessuno di quei tipi di rapporti, capito cosa voglio dire?"

"Ho capito."

"Bene, allora finisci di spegnere le luci e prepara i detenuti per lavarsi e partire."

"Ricevuto."

"L'hai fatto tu? Stai scherzando. Hai perso la tua vocazione, amico. Avresti fatto un sacco di soldi facendo questa roba in qualche locale per gourmet."

"Dicono che gli uomini di solito cercano qualcuno che sappia pulire e cucinare. Nel nostro caso, sono stata io quella che ha avuto fortuna."

"Questa ragazza non se la cava male da sola." Orrin puntò la forchetta verso Angela, seduta alla sua destra al tavolo da pranzo di quercia lucidata.

"Oh mio Dio, è davvero buonissimo" disse

Maureen assaporando del delizioso pollo con i peperoni rossi in salsa di curry su riso Jasmine e accompagnato con pane fatto in casa. "Non ho mai assaggiato niente di così buono in un ristorante. Sei un cuoco eccezionale."

"Questa è una ricetta del 'Vecchio Paese'?" Tommy masticò una fetta di pane imburrato dopo aver fatto la nel suo piatto. "Non mi hai mai detto perché la tua gente ha lasciato Grenada."

"Mio nonno era un agricoltore lì; aveva una fattoria a est di Grand Anse" Orrin sorseggiò il suo vino bianco. "Mio padre era uno di otto figli. Faceva le elementari, nel 1979, quando Maurice Bishop e il suo New Jewel Movement rovesciarono il governo. Subito Castro e i russi saltarono a bordo e cominciarono a mandare ogni tipo di consiglieri e aiuti stranieri. Al nonno non importava nulla della politica, ma prima che potesse accorgersene, il regime gli aveva messo la politica sulla porta di casa. Un giorno, mio padre era andato a scuola e un soldato cubano aveva fatto tutto un discorso alla classe sul ruolo di Grenada nella lotta della classe operaia contro il capitalismo. Subito dopo, i russi cominciarono a mandare soldati per offrire ai ragazzi la possibilità di allenarsi all'estero nell'URSS. Alcune famiglie erano così povere che hanno colto l'occasione al volo."

"È terribile" disse Maureen dolcemente.

"Mia nonna sapeva che dovevano lasciare il

paese, ma mio nonno non voleva andare da nessuna parte. Diceva che la terra apparteneva alla nostra famiglia dal 1800 e che avrebbero dovuto seppellirlo lì. Però sapeva che la nonna aveva ragione, e così iniziò a mandare uno per uno i suoi figli a vivere con i parenti a New York. Quando fu il turno di mio padre, aveva già diciotto anni. Venne qui, trovò un lavoro e si sposò. Anche la ragazza che sposò era di Grenada, e lui e mia madre parlavano sempre della loro infanzia e di quanto fosse bella Grenada. Credo che parte del motivo per cui sono diventato un poliziotto sia stato il mio amore per l'America, perché non avrei mai voluto vedere i cattivi prendere il sopravvento qui come hanno fatto laggiù."

"Mio padre si è trasferito da Bay Ridge a Brooklyn Heights negli anni Ottanta" disse Tommy. "Ci ha portati via da lì proprio nel periodo in cui le bande di strada hanno iniziato a prendere il controllo del quartiere. C'erano la FMD, i Dirty Ones, tutti questi idioti, erano sullo stesso piano dei terroristi. Tenevano le strade in pugno e tutti lo sapevano. Stava per dimettersi dalla polizia, ma furono disposti a trasferirlo grazie al suo stato di servizio. Quando Rudy Giuliani è stato eletto sindaco, ha iniziato la sua politica di tolleranza zero contro il crimine. Ha iniziato ad assumere una 'nuova razza' di poliziotti che non sarebbero rimasti a guardare.

"Mio padre è stato messo a capo di una delle unità della Street Gang Task Force e, beh, stiamo parlando di vendetta. Era del tipo, 'mai più'. Disse che sotto il suo controllo non avrebbe mai più accettato di vedere niente di simile a quelle bande di quartiere. E io sono d'accordo, specialmente dopo l'11 settembre. Mi sono detto che non avrei mai più lasciato che i cattivi prendessero il sopravvento. Un po' come Orrin."

"Ai nostri uomini" Angela alzò il bicchiere verso Maureen. "Cavalieri dall'armatura splendente."

"Sì" sorrise Maureen di rimando. "Perché i cattivi non possano mai prendere il sopravvento."

Abe Javits ebbe un brutto presentimento quando la guardia venne a informarlo che sarebbe stato spostato nell'edificio del Tribunale Penale di New York per motivi di sicurezza.

"Sono in isolamento" protestò Abe. "Che cosa pensano, che mi ucciderà una delle guardie?"

"Non le faccio io le regole" grugnì la guardia. "Vogliono che lasci qui la tua roba, quindi ovviamente tornerai dopo l'atto di citazione."

I nonni di Javits e molti dei suoi parenti erano arrivati in America dall'Europa prima dell'Olocausto. Le loro storie erano parte integrante della sua infanzia e delle tradizioni familiari. Molte di esse parlavano di uomini che venivano a prendere le persone nel cuore della notte. Era una fobia comune, che pervadeva le fiabe e le superstizioni delle civiltà fin dall'inizio dei tempi. La paura del male che si alza dalle tenebre.

Aveva letto i giornali e aveva sentito le trasmissioni radiofoniche e non riusciva a credere alle cose che venivano dette. All'improvviso, gli venne in mente questa cosa per cui cominciò a capire come il popolo tedesco potesse professare la propria ignoranza riguardo alle atrocità commesse contro gli ebrei nel suo paese. C'erano queste accuse terribili contro di lui e i suoi amici, dicevano che lui era stato parte di quello che era successo in quel posto. Si rifiutavano di credere che lui non ne sapesse nulla, anche se lo avevano arrestato sul posto a pochi minuti dall'abbraccio robotico di Combo e Jerome Browne.

Abe era stato lì solo tre volte dopo la prima visita, e ogni volta aveva assistito Adam durante le operazioni per l'impianto dei dispositivi robotici di Combo. Si era persino portato a casa i rapporti e le diagnosi di Adam per assicurarsi che fosse tutto valido e necessario dal punto di vista medico. Combo stava morendo di distrofia muscolare e i suoi arti stavano cedendo uno ad uno. Abe sosteneva che sarebbe dovuto essere in una struttura medica, ma non c'erano dubbi sul fatto che sarebbe diventato paraplegico senza speranza di recupero. Chiunque fosse questo Ciclope, e qualunque fosse il posto da cui si riforniva, aveva permesso ad Adam di realizzare qualcosa che non era mai stato fatto prima. Proprio come con il gatto.

Abe stava cominciando ad apprezzare pienamente la portata del genio di Adam. Non solo aveva una prodigiosa capacità di mettere in atto teorie e concetti medici, ma aveva l'audacia e la fiducia in se stesso necessarie per farlo. Inoltre, era bravissimo a guardare e imparare. Abe sapeva che Adam stava registrando ogni minimo dettaglio durante gli interventi, e faceva decine di domande su quello che stava facendo, come e perché. Ovviamente era quello il motivo per cui Abe non sapeva nulla di Jerome Browne. Adam era arrivato al punto di riuscire fare tutto da solo.

Abe non sarebbe mai riuscito a capire come avesse fatto Adam a varcare la soglia del male, e come fosse stato possibile per lui non accorgersene. Sapeva che Adam era stato spietatamente ambizioso, a partire dai trapianti sui piccoli animali fino ad arrivare alla manipolazione di sua madre per il finanziamento dell'operazione. Eppure nessuno di loro avrebbe mai potuto credere che potesse essere coinvolto nei rapimenti e nelle mutilazioni. Abe ci avrebbe scommesso tutto quello che possedeva. Chiunque fosse questo dottor Ciclope, doveva avere avuto un'enorme influenza su Adam per avergli fatto fare quelle cose. Doveva essere stata qualche forma di coercizione, forse persino un ricatto. Ma cosa mai avrebbe potuto essere?

La loro intera difesa era basata su questo Ciclope. Secondo i loro avvocati, Adam aveva rilasciato una dichiarazione giurata secondo la quale Ciclope lo aveva contattato su un sito web da oltreoceano per discutere di ricerca e sviluppo robotico. Avevano cominciato a intrattenere uno scambio di e-mail, e Ciclope aveva accettato di fornire ad Adam dei prototipi per il beta-testing. Ciclope aveva assicurato ogni spedizione con i Lloyds di Londra, nel caso ci fosse stato qualche errore, e in cambio Adam inviava a Ciclope relazioni approfondite. La ricerca serviva a giustificare il finanziamento da parte di un governo straniero che Ciclope riceveva per sviluppare i prototipi.

Tuttavia, Adam aveva rifiutato di rivelare come le quattro donne, Geri Lindsay e Jerome Browne fossero finiti nel seminterrato. Aveva detto che Ciclope aveva iniziato a visitare la struttura per confermare le relazioni mediche su Combo e Patch. Poco dopo, erano stati presi accordi affinché la gente del quartiere fosse curata nella struttura in situazioni di emergenza. Adam aveva dichiarato di non essere a conoscenza dei dettagli e di non avere accesso alle strutture di riabilitazione in loco. Non sapeva che Ciclope avesse installato delle gabbie o che le persone fossero tenute nel seminterrato. Aveva anche negato che Combo o Patch avessero avuto a che fare con le operazioni quotidiane all'interno della struttura. Più di tutto aveva insistito sul fatto che i suoi colleghi erano stati tenuti completamente all'oscuro.

Abe aveva ricevuto istruzioni dal suo avvocato perché non ammettesse nulla e non dicesse nulla. Sarebbe toccato all'accusa provare anche solo che aveva visitato la struttura prima della notte del suo arresto. Gli unici che potevano testimoniare che era stato lì erano Adam, Patch e Combo. Se nessuno di loro avesse parlato contro di lui, la giuria non avrebbe avuto altra scelta che assolverlo. Gli avvocati avevano realizzato che la carriera medica di Adam era finita, che si era sacrificato per salvare i suoi amici. Eppure, se Patch o Combo fossero diventati testimoni per l'accusa, avrebbero potuto affrontare l'ergastolo tutti e quattro. Lo garantivano le accuse di sequestro di persona e di violenza aggravata.

Fu portato dalla sua cella attraverso un lungo corridoio in una stanza più grande. Quando la guardia lo fece entrare, rimase stupito nel trovarsi di fronte ad Adam, Isaac e Noah.

"Adam" Abe sembrava affranto, anche se la sua espressione cambiò lentamente in una di furia. 'Adam, figlio di puttana. Cosa ci hai fatto?'

'OK, ragazzi, ascoltatemi molto attentamente" Adam si allontanò da loro, in quella stanza di medie dimensioni. "Non ci resta molto tempo. Devo dirvi cosa è successo lì dentro."

"Sì, Adam" premette Isaac, pieno di una

comprensibile indignazione. "Dicci cosa è successo, prego."

"Prima di tutto, voglio che sappiate che mi sto prendendo tutta la colpa. Ho mandato un messaggio a Patch e Combo. Ho intenzione di giurare che né loro né voi avete niente a che fare con tutto questo. Siamo stati solo io e Ciclope. Sanno che se testimoniano contro di noi, io li coinvolgerò e loro affonderanno con me. Una volta che tutti gli altri saranno liberi, sarà tra me e Ciclope."

"Adam" Abe digrignò i denti con rabbia. "Chi è Ciclope?"

"Non c'è nessun Ciclope" Adam abbassò gli occhi. "Sono stato io."

"*Cosa?*"

"C'era uno scienziato cinese di nome Hun Wen-ting, di Nanchino. Il governo aveva investito un miliardo di dollari nel suo progetto di robotica, ma il loro beta-testing aveva incontrato blocchi sostanziosi. Con tutte le indagini delle Nazioni Unite sulle violazioni dei diritti umani in Cina, non potevano tollerare altre critiche sugli esperimenti scientifici. La parte sullo scambio di prototipi in cambio di dati per la ricerca era vera, l'accordo era questo. Non posso dirvi come sono arrivati in laboratorio i soggetti perché l'accusa potrebbe rigirare la cosa per implicarvi. Tutto quello che posso dirvi è che mi dispiace, e che forse un giorno l'umanità potrà beneficiare delle cose che siamo stati in grado di realizzare."

"Hai fatto a pezzi quelle donne e hai storpiato quelle celebrità a vita" Isaac non riusciva a credere che quella conversazione stesse avendo luogo. "E mi stai dicendo che *non* c'è *nessun* Ciclope."

"Adam, non hai mai saltato un turno al Bellevue, nemmeno uno!" Noah era fuori di sé dalla preoccupazione per il suo più caro amico. "Non mi puoi dire che hai rapito tutte quelle persone e le hai portate in quel laboratorio da solo! Qualcuno ti ha portato quelle vittime, ammettilo!"

"Non posso" Adam scosse la testa. "Se facessi il suo nome alla polizia, vi farebbe uccidere tutti e tre per vendetta. L'accusa la vedrà come voi, sapranno che non posso aver fatto tutto da solo. Sfortunatamente, dovrò proteggerlo nello stesso modo in cui sto proteggendo voi. Ehi, forse c'era un Ciclope, dopo tutto. Solo che ha fatto tutto tranne che operare."

"OK, gente, vi portiamo giù nella sala delle docce. Avete quindici minuti" disse una guardia entrando nella stanza. "Avete un cambio di calzini e mutande. La prossima fermata è il tribunale di Centre Street. L'ufficio del procuratore vuole garantire la vostra sicurezza prima dell'inizio del processo. Vi terranno nella struttura fino a dopo la chiamata in giudizio."

"In che senso una doccia?" riuscì a chiedere Abe, con la bocca stranamente asciutta.

"Non hanno docce al palazzo di giustizia. Vuoi portarti l'odore di questo posto al tuo processo?"

"Preferirei saltare la doccia."

"Allora non aprire l'acqua. Forza, gente, muoviamoci."

~

"Siamo stati benissimo." Maureen Jackson abbracciò i Rampersad mentre si preparavano ad andare via poco prima di mezzanotte. "Organizziamo quel viaggio a Coney Island; le ragazze saranno così felici."

"So che anche David morirà dalla voglia di conoscervi tutti" concordò Angela. "OK, ragazzi, voi organizzatevi e noi ci saremo."

"Non so quando avremo questo abbastanza tempo libero mentre Coney Island è ancora aperta" disse Tommy scrollando le spalle. "Siamo stati molto fortunati stasera che è stato chiuso tutto per la Festa dei Lavoratori."

"Non sono impaziente di arrivare a martedì, te lo dico" si acciglò Orrin. "Aspetta che il procuratore ci dica cosa ne pensa del fatto che siamo rimasti a mani vuote con le indagini."

"Andiamo, avevate detto che non avreste parlato di lavoro stasera" li rimproverò Angela.

"Aah, non preoccuparti, stavamo giusto andando via" sorrise Tommy.

"So che avete fatto del vostro meglio, e non

possono chiedere di più" assicurò Maureen. "È il massimo che si può chiedere a qualcuno."

"La gente vuole che venga fatta giustizia, specialmente in un caso come questo" disse Tommy con rassegnazione. "Alla fine della giornata, spero solo che inchiodino quella gente. Se non dovessero farlo, spero solo che non sia a causa di qualcosa che è sfuggito a noi."

"Non succederà" Maureen gli strinse il braccio. "È il momento di lasciar andare. Dio vede e provvede."

"Sarà fatta giustizia" concordò Angela. "Ne sono sicura."

I dottori furono portati nella stanza delle docce e, ancora una volta, Abe provò quella sensazione che gli rodeva le budella. Ripensò a tutte le storie e a tutti i documentari sulle docce dell'Olocausto. Portavano le vittime nei campi di concentramento e dicevano loro di spogliarsi, ammassandole nelle stanze dove veniva rilasciato il gas velenoso. Ed eccoli qui, lui e i suoi amici, isolati nelle viscere di questo centro di detenzione e costretti a spogliarsi in una doccia deserta. Si chiedeva spesso perché le vittime dell'Olocausto non si fossero mai ribellate, non si fossero mai rifiutate di collaborare, fossero andate tranquillamente incontro alla morte. Ora cominciava a capire. Ora sapeva.

"Cinque minuti" la guardia sbatté la porta di metallo dietro di sé.

Erano tutti nudi, con in mano barre di sapone e asciugamani. Si avvicinarono ai soffioni della doccia, per qualche motivo pieni di paura, mentre si guardavano l'un l'altro senza parole. La paura era contagiosa, nessuno di loro era in grado di toccarla, ma era comunque presente. C'era qualcosa di strano, qualcosa di molto, molto strano. Ma era troppo tardi per combattere. Non avrebbero mai dovuto lasciare le loro celle. Avrebbero dovuto scalciare e urlare per tutti i corridoi, rifiutare le docce, unirsi e combattere insieme quando erano stati portati nella stanza.

Ora sapevano cosa era successo agli ebrei in Europa. Quando avevano capito che era il momento di combattere, era stato troppo tardi.

Improvvisamente sentirono la porta di metallo che veniva aperta. Fu Adam a riconoscere per primo quel suono, il ronzio dei piccoli motori, lo sferragliare dello stivale metallico.

Rimasero a guardare sbigottiti mentre Combo prima, e Jerome Browne poi, entravano dalla porta prima che questa venisse richiusa alle loro spalle. Erano completamente vestiti e Jerome aveva un luccichio assassino negli occhi.

"Buonasera, signori" sorrise malignamente Browne. "È tempo di distruzione!"

Caro lettore,

Speriamo che leggere *Trapianto* ti sia piaciuto. Per favore, prenditi un attimo per lasciare una recensione, anche breve. La tua opinione è molto importante.

Saluti

John Reinhard Dizon e il team Next Chapter

Trapianto
ISBN: 978-4-82410-803-6
Edizione A Caratteri Grandi

Pubblicato da
Next Chapter
1-60-20 Minami-Otsuka
170-0005 Toshima-Ku, Tokyo
+818035793528

6 ottobre 2021